쇠바우 용바우 금바우

정성수 글 ‖ 김승연 그림

‖ 저자의 말 ‖

  1958년 만화가 김종례가 그린 '엄마 찾아 삼만리'를 읽고 하루
종일 눈물을 흘린 적이 있습니다. 그때가 국민학교(요즘 초등학
교) 3학년쯤이었습니다. 조선시대를 배경으로 술과 노름으로 방
탕한 생활을 하는 아버지 때문에 팔려간 엄마를 찾아 전국방방
곡곡을 떠도는 아들의 눈물겨운 이야기를 그린 작품입니다. 만
화책 출간 당시 한국전쟁으로 인해 가족과 생이별을 해야 했던
사람들의 마음을 적시고 달래주었던 시대의 명작이었습니다. 까
마득한 옛날이야기입니다.
  전래동화 '금도끼 은도끼' '토끼와 거북' '혹 떼러 갔다가' 등
을 듣고 자랐습니다. 어른이 되어 시와 수필을 쓰면서 어린이들
을 위해서 동화를 써 보고 싶었습니다. 경이로운 요소와 사건이
들어있는 동화야말로 어린이들에게 마음의 양식이 될 것이라는
믿음이 생겼기 때문입니다. 그런 이유로 첫 동화집은 장편 금연
동화 '폐암 걸린 호랑이'를 썼습니다. 요즘 흡연 나이가 자꾸 낮
아진다는 우려의 소리를 듣고 쓴 동화입니다. 독자들에게 과분
한 사랑을 받았습니다. 거기에 힘을 얻어 이번에는 효 동화 '쇠
바우 용바우 금바우'를 세상에 내놓습니다. 병든 아버지를 위해
서 삼형제가 마음을 합쳐 아버지의 병을 낫게 한다는 용감무쌍
한 이야기입니다. 동화를 쓰면서 부모님께 불효했던 일들이 생
각나 때늦은 후회로 마음이 아팠습니다.

왜 동화를 쓰는가? 시나 수필 쓰고 남는 이야기가 있어서 쓰는가? 아니면 시나 수필로 쓸 수 없는 말이 있어서 쓰는가? 모두 합당한 말이겠지만 나에게는 후자가 더 강하다고 할 수 있습니다. 그만큼 동화에는 시나 수필이 따라갈 수 없는 장점이 있습니다. 그뿐만 아니라 동화는 품이 넓어서 어린이들의 마음과 생각을 감싸주는 여유가 있습니다.

　　시와 수필은 약간 애매모호한 문장도 인정되는 게 사실입니다. 그러나 동화는 전혀 그렇지가 않습니다. 어린이를 생각해야 하기 때문입니다. 동화가 쓰기가 어렵고 호응을 받지 못할지라도 동화 쓰기를 포기하지 않겠습니다. 동화는 보람있는 영역이기 때문입니다. 아무쪼록 이번에 내놓은 효 동화 '쇠바우 용바우 금바우'가 어린이들은 물론 어른들에게도 사랑을 받으면 좋겠습니다. 부모님께 효도하는 자녀가 되기를 바랍니다.

2020년 10월 14일
전주 건지산 아래 작은 방에서
정성수

쇠바우 용바우 금바우

「목차」

쇠바우 용바우 금바우

쇠바우 용바우 금바우

쇠바우 용바우 금바우

쇠바우 용바우 금바우

오늘은 서당 생일날입니다. 훈장님과 학동들이 앞마당에 모였습니다. 양편으로 나눠 기마전을 하기로 했습니다. 기마전은 원래 4명이 1조가 되어 3명이 목말을 만들고 나머지 1명은 말을 탄 기수가 되어 상대편 기수를 땅에 떨어뜨리면 이기는 경기입니다.

기마는 보통 몸집이 큰 사람이 앞에서 마부가 됩니다. 마부 뒤 좌우 두 사람이 마부와 한쪽 손을 마주 잡아 기수의 발판을 만듭니다. 다른 한쪽 손은 마부의 어깨를 잡거나 겨드랑이를 끼어 어깨 위 기수가 목말을 탈 수 있도록 합니다.

서당에 학동 수가 적어 3명이 한 조가 되어 기마전을 하기로 했습니다. 큰형인 쇠바우가 앞말이 되고 용바우가 뒷말이 되어 막내 금바우를 태웠습니다. 기마전에서 승리를 하려면 초전에 상대편의 기선을 제압해야 합니다. 그러기 위해서는 상대편보다 강력한 힘으로 적을 공격하는 것이 대단히 유리하다는 것은 두 말 할 필요가 없습니다.

쇠바우가 뒤에 있는 용바우에게 말합니다.
"기마전은 협동이 잘 돼야 이길 수 있어. 그러니까 몸과 마음을 잘 맞춰야 해!"

용바우가 맞장구를 칩니다.

"형, 걱정 하지마! 우리가 마음만 먹으면 못할 일이 뭐 있겠어?"

기수인 금마우가 한 마디 합니다.

"정신만 똑바로 차리면 이길 수 있어! 형들을 믿어."

심판은 훈장님이 봤습니다. 훈장님은 정정당당히 싸워야지 발로 차거나, 기수 바지를 벗기거나, 급소를 공격하거나, 몰래 상대편을 꼬집으면 그편은 지는 것으로 하겠다고 하였습니다. 특히 기수들은 잘못 떨어지면 머리를 다치거나 팔을 삐끗할 수가 있으니 조심하라고 말했습니다.

훈장님이 오른손을 들어 '지금부터 시작!' 명령이 떨어지자 양편은 '와~' 소리를 지르면서 마당 가운데로 나갔습니다. 밀고 붙들고 늘어지고 고함을 치며 승리를 위해 안간힘을 썼습니다. 말에 탄 기수가 떨어지거나 몸이 땅에 닿으면 훈장님은 '사망!' 큰소리로 판정을 내렸습니다.

앞말인 쇠바우가 상대편 쪽으로 다가서면 기수인 금바우는 날쌔게 상대편 기수를 낚아챘습니다. 그럴 때마다 상대편 기수는 맥없이 땅으로 굴러떨어졌습니다. 바우 삼형제는 종횡무진 기마전 판을 누볐습니다.

금바우는 몸을 꼿꼿이 세워 상대편 기수보다 더 높은 자세로 목을 감아 힘으로 눕혔습니다. 눈치 빠른 쇠바우가 상대편 뒤로 돌아가 금바우가 잡아채어 무너뜨리도록 힘을 보탰습니다.

그럴 때마다 뒤에서 받쳐주고 있던 용바우는 젖 먹던 힘까지 쏟아부었습니다. 훈장님의 신호에 따라 기마전은 끝났습니다. 사망 판정을 받은 팀 수를 가리어 승패를 결정했습니다. 훈장님이 삼바우 형제들 편으로 손을 들자 삼바우를 비롯해 같은 편은 만세를 불렀습니다. 만세 소리가 서당 앞마당을 채우고 울타리 밖으로 나갔습니다. 상품은 공책과 연필이었습니다. 상품을 받은 용바우가 어깨를 으쓱거리자 쇠바우와 금바우가 웃습니다. 곁들여 준 사탕을 입에 넣자 입속에서는 단물이 강을 이루었습니다. 돌아오면서 쇠바우는 동생들에게 잘했다고 칭찬을 했습니다. 용바우는 형과 동생이 잘했기 때문에 기마전을 이긴 것이라고 말합니다. 금바우는 형들이 아니었다면 틀림없이 졌을 것이라고 형들을 추켜세웁니다.

다송산은 깎아지른 바위와 아름드리나무들로 가득합니다. 앞이 안 보일 정도입니다. 수많은 바위와 우거진 숲은 그야말로 장관입니다. 이름 모를 꽃이 피고 많은 새가 삽니다. 그런가 하면 멧돼지, 노루, 고라니, 오소리, 곰이 삽니다. 가끔 멧돼지가 마을로 내려와 농작물을 파헤치기도 합니다. 곰이 나무에 몸을 비벼댄 흔적이 여기저기에서 발견되기도 합니다.

오늘도 큰형인 쇠바우와 가운데인 용바우 그리고 막내인 금바우가 나무를 하러 다송산으로 갑니다. 쇠바우는 도끼를 들고 용바우는 톱을 들고 금바우는 갈퀴를 들고 산으로 향했습니다.

쇠바우가 앞서고 용바우와 금바우가 그 뒤를 따라갑니다. 산은 단풍이 들어 울긋불긋합니다. 골짜기에 흐르는 물이 맑습니다. 이름 모를 새 한 마리가 푸드덕 날아갑니다. 나뭇가지가 흔들립니다.

　다송산에 깊이 들어서자 바우 삼형제는 지게를 벗어 놓고 나무를 하기 시작했습니다. 쇠바우는 마른 나뭇가지를 줍고 용바우는 솔가루를 갈퀴로 모았습니다. 이때 골짜기 쪽으로 내려간 금바우가 소리를 칩니다.

"형들아, 이리 좀 와 봐."

"…"

"밤이 떨어져 있어! 도토리 상수리도 있어, 굉장해."

나무를 하던 쇠바우와 용바우가 뛰어갔습니다. 용바우가 묻습니다.

"어디? 어디야?"

"봐! 여기야 여기라고."

금바우가 가리키는 밤나무 아래는 밤들이 여기저기 떨어져 있습니다. 도토리나무와 상수리나무 밑에도 많은 도토리와 상수리들이 보입니다.

　바우 삼형제는 밤과 도토리와 상수리를 주워 바지 주머니에 넣기 시작했습니다. 금방 주머니가 가득합니다. 용바우가 윗옷을 벗어 땅바닥에 폅니다. 쇠바우가 묻습니다.

"애, 왜 옷을 벗냐?"

"형!, 내가 하는 것을 좀 봐."

용바우가 땅바닥에 펴 놓은 옷에 밤, 도토리, 상수리를 주워 놓습니다. 한 말쯤 되자 양 소매를 묶습니다. 옷은 열매를 담은 자루가 되었습니다. 이 모습을 본 형 쇠바우와 막내 금바우가 손뼉을 칩니다. 바우 삼형제는 나무 아래에서 밤과 도토리 상수리를 까먹었습니다. 씁쓸하면서도 맛이 있었습니다. 이때 금바우가 말합니다.

"형들아. 빨리 가자. 아버지 배고프시겠다."

"맞다!"

쇠바우와 용바우가 약속이나 한 듯이 대답을 합니다. 금바우는 돌아가신 어머니를 대신해서 집안 살림을 합니다. 밥을 짓고 빨래를 하고 청소를 합니다. 끼니때가 되면 밥상을 차립니다. 바우 삼형제는 부랴부랴 나뭇지게를 지고 산을 내려옵니다.

바우 삼형제가 돌아오자 아버지가 되창문을 엽니다. 얼굴이 헬쓱합니다. 바우 삼형제가 마당에 나뭇지게를 나란히 세웠습니다. 용바우가 묵직한 자루를 내려놓습니다. 금바우가 밤, 도토리, 상수리를 주머니에서 꺼냅니다.

"아버님. 밤, 도토리, 상수리를 주어왔습니다. 조금만 기다리세요. 맛있게 구워 드릴게요."

"배가 고파 죽을 지경이다."

쇠바우와 용바우가 산에서 해온 나무를 헛간에 차곡차곡 쌓습니다. 겨울을 지내려면 땔감이 많이 필요합니다. 잠시 후 금바우가 밤과 도토리와 상수리를 구워 가지고 들어옵니다. 쇠바우가 말합니다.

"막내야, 도토리와 상수리는 묵을 쑤어 먹는 거야!"

용바우가 거들어줍니다.

"그럼! 밤은 구워 먹어도 되지만 도토리 상수리는 그게 아니지."

"형들은 왜 그렇게만 생각해? 먹어보라고 맛이 어떤가?"

아버지가 한마디 합니다.

"금강산도 식후경이란다. 어서들 먹자."

군밤 맛이 좋습니다. 도토리와 상수리 맛도 그만입니다.

　쇠바우가 말합니다.

"음, 정말 맛있네. 도토리, 상수리를 구워 먹어도 기가 막히네!"

금바우가 아버지와 형들을 바라보며 말합니다.

"안 된다고만 생각하지 마. 생각을 뒤집어보고 다르게 해보는 거야, 그래야 발전이 있지?"

용바우가 금바우를 쳐다봅니다.

"금바우는 이빨 빠진 도장구다. 히히."

새까맣게 탄 밤 껍질이 이에 붙어서 이가 빠진 것 같이 보입니다.

"작은 형은 어떻고? 거울 좀 봐."

용바우의 입가에는 타다만 밤껍질이 새까맣게 달라붙어 있습니다. 서로 얼굴을 바라보면서 깔깔대며 웃습니다. 웃음소리가 울타리를 넘어갑니다.

요즘 바우 삼형제에게는 걱정이 큽니다. 지난여름부터 아버지가 시름시름 앓고 계시기 때문입니다. 약을 먹어도 차도가 없습니다. 아침저녁으로 날씨가 쌀쌀해지자 아버지의 병은 더 깊어갑니다. 바우 삼형제는 혹시 아버지가 어떻게 될까 봐 걱정이 태산같습니다. 큰형인 쇠바우가 말합니다.

"동생들아, 아무래도 안 되겠다. 와리 장터에 유명한 의원이 있는데 아버지를 모시고 한 번 가 봐야 할 것 같다."

막내 금바우가 말합니다.

"그렇지만 형, 아버지는 움직일 수가 없잖아? 저렇게 누워만 계시니 어떻게 와리까지 모시고 가지?"

서로의 얼굴만 쳐다봅니다. 뾰족한 방법이 없습니다. 이때 용바우가 말합니다.

"아버지는 기력이 없으셔서 와리까지 모시고 간다는 것은 무리야. 방법은 있어. 좀 힘이 들기는 하지만…"

쇠바우와 금바우의 귀가 번쩍합니다. 약속이나 한 듯이 묻습니다.

"어떻게?"

용바우가 말합니다.

"의원을 우리 집으로 모시고 오는 거야."

쇠바우가 말합니다.

"그렇기는 하지만. 그 의원은 앉은뱅이잖니?"

용바우가 말합니다.

"우리가 의원을 지게에 지고 오는 거야. 그럼 아버지가 고생을
안 해도 되잖아?"

금바우가 엄지손가락을 치켜세웁니다.

"역시 작은 형은 머리가 좋아!"

쇠바우가 아침 일찍 지게를 마당에 내놓습니다. 지게의 멜빵을
조정합니다. 와리 장터에 가서 의원을 모셔오기 위해서는 삼형제
의 어깨에 맞아야 합니다. 멜빵끈이 너무 길어도 안 되고 너무
짧아도 안 됩니다. 삼형제 어깨에 적당한 멜빵이 되었습니다. 쇠
바우가 안에 대고 소리칩니다.

"애들아! 다 됐다. 어서 나와라"

용바우가 방에서 나옵니다. 금바우가 부엌에서 나옵니다.

"용바우야, 방 정리 잘 했냐? 금바우는 부엌 다 치웠고?"

"당근이지!"

금바우가 작은 형 용바우를 바라보며 큰소리로 말합니다.

쇠바우가 지게를 지고 앞섭니다. 용바우와 금바우가 뒤를 따라
나섰습니다. 산길을 갑니다. 산국들이 피어 향기를 내뿜습니다.
다랑이 논둑을 지나갑니다. 벼가 익어 고개를 숙였습니다.

밭을 지나갑니다. 수수 모가지에 참새들이 붙어 재잘댑니다. 하늘에는 흰 구름이 떠가고 바람이 나무들의 머리를 어루만집니다. 얼마쯤 갔을 때였습니다. 용바우가 말합니다.

"형, 이제 지게를 내가 지고 갈게."

금바우가 말합니다.

"아니야, 내게 줘."

다시 용바우가 말합니다.

"형, 어깨 아프잖아?"

쇠바우가 말합니다.

"괜찮아 빈 지게쯤은 얼마든지 좋아. 너희들은 힘을 아껴야 해."

삼십 리 길을 걸어 의원 집 앞에 다다랐습니다. 쇠바우가 골목에 지게를 세워놓고 이마의 땀을 닦습니다. 쇠바우가 용바우와 금바우를 보며 말합니다.

"근데 걱정이다."

"?"

용바우와 금바우가 쇠바우의 얼굴을 바라봅니다.

"의원님이 안가겠다고 하면 어쩌지?"

"…"

여기까지 왔는데 의원님이 거절하면 낭패가 이만저만이 아닙니다. 금바우가 단호하게 말합니다.

"그렇다고 그냥 돌아갈 수는 없잖아. 어떻게 해서라도 모시고 가야지."

쇠바우와 금바우의 이야기를 듣던 용바우가 말합니다.

"내가 하는 대로 따라 해. 그럼 잘 될 거야."

"?"

쇠바우와 금바우가 용바우의 얼굴을 바라봅니다.

　방문을 열고 들어가자 바우 삼형제가 의원님에게 넙죽 절을 합니다. 삼형제는 합창을 하듯이 입을 모아 말합니다.

"참으로 오랜만에 의원님께 우리 삼형제, 문안드립니다. 그동안 찾아뵙지 못했음을 너그러이 용서하십시오!"

의원님의 두 눈이 간장 종지만 해집니다.

"댁들은 뉘신지? 밑도 끝도 없이 용서해 달라니?"

용바우가 말합니다.

"의원님은 저희를 잘 모르실 것입니다. 다송산 골짜기에 사는 정생원 자식들이옵니다."

의원님은 바우 삼형제를 찬찬히 바라보더니

"그래, 맞아! 정생원?"

바우 삼형제가 대답합니다.

"네에!"

"맞아, 전에는 부친을 자주 뵈었지. 한동안 안 보이시던데!"

용바우가 말합니다.

23

"어머님의 약을 지으려고 의원님께 여러 차례 오신 것으로 저희
는 알고 있습니다."

"그래! 그래!"

"아버님께서는 의원님이 용하시다는 말씀을 자주 하셨습니다."

"용하긴 뭘! 허기야, 이름이 쬐깨 났지."

의원님은 염소수염 같은 수염을 쓰다듬습니다. 그리고 헛기침을
한 번 합니다.

"언젠가는 자식들이 감기에 걸렸다고 탕약을 지어간 일이 있었
지. 그게 자네들이었구먼?"

"맞습니다. 의원님."

"아버님은 잘 계시는가? 건강하시지?"

의원님이 아버지의 소식을 묻습니다. 쇠바우가 말합니다.

"그게 아니오라…"

"왜? 어디 아파? 말해 봐 약을 잘 지어 줄 테니까."

"네, 많이 편찮으십니다. 꼼짝도 못하십니다."

"그래? 진즉 찾아오지!"

"죄송합니다, 의원님. 저희도 불효하는 것 같아 몸 둘 바를 모르
고 있습니다."

"그래 어떻게 편찮으신지 자초지종을 말해 보게."

용바우가 말합니다.

"저어~."

용바우가 뜸을 들이자 의원님이 답답하다는 듯이 묻습니다.

"어디가 어떻게 아픈지 말을 해야 약을 지어주지. 안 그래?"

용바우가 침을 한 번 삼키더니 결심한 듯 말합니다.

"의원님! 저희 집에 같이 가셔야겠습니다."

"밑도 끝도 없이 집에 가자고?

"네! 가셔야 합니다."

"앙? 이 몸으로?"

"물론이죠."

"왜?"

용바우가 자초지종을 말합니다. 이야기를 듣던 의원님은 난감한 표정을 짓습니다. 바우 삼형제가 의원님께 통 사정을 합니다. 두 손을 싹싹 빌며 애원을 합니다. 쇠바우가 말합니다.

"의원님 제발 저희 아버지를 살려 주세요. 살려만 주신다면 우리 삼형제는 그 은혜를 죽어도 잊지 않겠습니다."

금바우가 말합니다.

"의원님! 저희 삼형제가 의원님을 편히 모시고 가겠습니다."

금바우가 편히 모시고 간다는 말에

"으핫핫 편히? 나를?"

"물론입니다."

바우 삼형제는 입을 모아 큰소리로 대답합니다.

삼형제의 간청을 듣던 의원님이 말합니다.

"정 생원이 자식들은 잘 뒀군."

"…"

"자네들 효심을 봐서 가겠네."

드디어 약조를 받아냈습니다. 쇠바우가 의원님을 지게에 태워 모시고 가겠다고 말합니다. 의원님이 수염을 쓰다듬습니다.

"그래! 지게 한번 타보세."

　말하는 순간 언제 가지고 왔는지 금바우가 마루 앞에 지게를 갖다 놓았습니다. 쇠바우가 의원님을 업고 나옵니다. 용바우가 지게를 잡아주고 쇠바우와 금바우가 조심스럽게 의원님을 지게에 태웠습니다. 의원님이 허허 웃으십니다. 쇠바우가 의원님을 태운 지게를 지고 갑니다. 용바우가 의원님의 엉덩이를 받쳐줍니다. 금바우가 그 뒤를 따라갑니다.

　바우 삼형제가 의원님을 모시고 집에 도착했습니다. 교대로 지게를 지고 온 바우 삼형제의 어깨는 피멍이 들었습니다. 그러나 아버지의 병환이 나을 수 있다는 생각에 기뻤습니다. 지게 위에서 의원님이 말합니다.

"고생들이 많았다. 이래 봬도 내 몸무게가 무거운데 불평 한 마디 안 하는 것을 보니 참으로 대단하구나!"

쇠바우가 말합니다.

"불평이라니요. 아버지를 위해서라면 더한 것이라도 해야지요."

울타리 가에 선 은행나무가 잘했다고 고개를 끄덕입니다. 노란 은행잎이 지는 햇빛을 받아 금빛입니다.

　의원님이 진맥을 합니다. 쇠바우와 용바우 금바우가 아버지의 옆에 무릎을 꿇고 다소곳이 앉았습니다. 진맥이 끝난 의원님은 바우 삼형제를 바라봅니다. 아버지는 죽은 듯이 눈을 감고 있습니다. 쇠바우와 용바우 금바우가 의원님의 입을 바라봅니다.

"풍한風寒이야! 쯧쯧."

쇠바우가 침을 삼키더니 의원님께 묻습니다.

"풍한요? 그게 뭐지요?"

풍한은 풍사(풍사風邪 : 신체 외부의 육기六氣 중에서 풍기의 침습을 받아 생긴 병)와 한사(한사寒瀉 : 찬 기운이 장위腸胃에 침범하여 배가 부르고 아프며 설사가 나는 병)가 겹친 것으로 코나 목구멍, 기관지 등의 호흡기 계통에 생기는 병입니다. 콧물, 재채기로 열이 나며 목이 아픕니다. 기침이 많이 나오기 때문에 고통스럽습니다. 풍한은 뒤통수와 뒷목으로 들어옵니다. 풍한이 몸에 들어오면 머리에서부터 다리까지 아프지 않는 곳이 없습니다. 눈이 껄끄럽고 코가 막히고 뒷목과 어깨가 결립니다. 허리와 옆구리가 아프고 소화가 잘되지 않습니다. 목소리가 쉬고 기침과 천식은 물론 토사곽란이 나기도 하며 대변이 가늘거나 설사를 하기도 합니다.

"풍한 중에서도 풍한습비風寒濕痹라네."

"풍한습비? 그건 또 뭐예요?"

용바우가 걱정스럽게 묻습니다. 풍한습비는 중풍이 온 것처럼 한쪽 팔다리에 마비 증상이 오고 통증을 호소합니다. 이 병을 주로 나이가 들어 원기가 쇠약해졌을 때 발병합니다. 뼈마디가 저리고 쑤시는 병입니다.

"봐라, 너희 아버지 모습을…."

쇠바우와 용바우와 금바우는 아무 말도 못합니다. 아버지는 뼈와 가죽만 남고 눈은 쑥 들어갔습니다. 숨소리도 거칠고 잔기침을 합니다. 나뭇지게를 지고 산을 뛰어 내려오던 아버지가 아닙니다. 농작물을 해치는 멧돼지를 잡겠다고 나서던 아버지가 아닙니다. 아버지의 얼굴을 바라보던 용바우가 묻습니다.

"의원님, 그럼 방법이 없나요?"

의원님이 바우 삼형제를 바라봅니다.

"방법이 없는 것은 아니다만 그게 어디 보통 일이 아니어서…."

의원님이 말끝을 흐립니다.

쇠바우가 묻습니다.

"아버지 병환을 낫게 할 수 있다는 말씀인가요?"

용바우가 말합니다.

"의원님 방법을 말씀해 주시지요."

의원님이 표정이 어둡습니다.

"글쎄다. 그게…."

쇠바우와 용바우와 금바우의 간절한 눈빛을 본 의원님이 입을 엽니다.

"너희 아버지를 살릴 수 있는 것은 웅장熊掌이다"

"웅장? 그게 무슨 약인데요?"

"약이 아니고 곰 발바닥이야!"

"곰 발바닥이요?"

곰 발바닥을 먹으면 아버지의 병이 나을 수 있다는 말에 바우 삼형제는 크게 놀랐습니다.

"웅장을 먹으면 너희 아버지의 병이 씻은 듯이 낫는다. 웅장의 기름과 살은 마비와 굳어가는 근육을 치료하고 몸보신을 하거든. 그뿐이 아니야, 곰 발바닥을 먹으면 기운이 세어진다. 그래서 허약한 사람이 먹는 것이다. 특히 비위가 약해서 소화가 안 되고 식욕이 부진한 사람이 먹으면 좋다. 찬바람에 혈액과 근육이 상하여 저리고 아픈 병에는 그만이다."

의원님은 이야기를 계속합니다.

"눈이 내릴 때쯤 되면 곰은 동굴 속에서 겨울잠을 잔다. 이때 혀로 발바닥을 핥으며 겨울을 난다. 곰은 네 발바닥 중에서도 오른쪽 앞발바닥을 최고로 친다. 이것으로 만든 요리는 진하면서도 신선하고 연하면서도 감칠맛이 있다. 특히 몸을 보양하고 보정하는 탁월한 효과가 있다. 곰은 유난히 꿀을 좋아한다.

곰이 꿀을 먹을 때 꿀벌들이 무차별적으로 쏘아대는데 이때 꿀벌들의 침 끝에 묻은 꿀 성분이 오른쪽 앞발바닥에 무수히 박히게 된다. 이것이 육질을 좋게 하고 영양가를 높게 한다. 이런 곰 발바닥을 먹으면 풍한쯤은 간단히 낫게 할 수 있다"

의원님의 말을 듣는 쇠바우와 용바우와 금바우는 웅장이야말로 아버지를 살려낼 수 있는 명약이라고 생각합니다. 그러나 웅장을 구하려면 곰을 잡아야 합니다

곰은 호락호락 잡힐 동물이 아닙니다. 곰을 잡아야 한다고 생각하니 엄두가 나지 않습니다. 산토기 한 마리도 잡기 어려운데 곰을 잡는다는 것은 하늘에서 별 따기입니다. 쇠바우와 용바우와 금바우는 그만 풀이 죽었습니다. 곰을 잡을 방법이 없기 때문입니다.

오늘 아침에도 서리가 내렸습니다. 곧 겨울이 옵니다. 용바우는 혼자서 산으로 나무를 하러 나갔습니다. 톱으로 나무를 베어 지게에 얹었습니다. 이때였습니다. 앞산 중턱에 시커먼 물체가 움직입니다. 돌이 굴러 내리고 나뭇가지가 부러지는 소리가 났습니다. 곰이었습니다. 곰이 움직일 때마다 산이 흔들리는 것 같습니다. 등골에서 땀이 오싹 났습니다. 용바우는 얼른 바위 뒤로 몸을 숨겼습니다. 곰이 어슬렁어슬렁 산속 깊은 곳으로 사라졌습니다. 용바우는 곰이 겨울잠을 자기 위에서 잠자리를 찾고 있다는 것을 알았습니다.

곰은 잡식성입니다. 어린싹과 잎은 물론 나무뿌리까지 먹습니다. 그런가 하면 풍뎅이나 개미와 같은 벌레와 유충들을 먹습니다. 산속 개울가에서는 가재나 물고기를 잡아먹고 새집 속의 새끼나 알도 꺼내 먹습니다. 배가 고프면 인가에 내려와 온 마을을 난장판으로 만들기도 합니다. 겨울잠을 자기 위해서는 곰은 몸을 불려야 합니다. 방금 눈앞에서 사라진 곰이 어마어마하게 큰 것은 겨울잠을 자기 위해서 준비를 단단히 한 것입니다.

집으로 돌아온 용바우는 생각이 많아졌습니다. 곰이 어디에 있는지를 알았기 때문입니다. 곰을 잡아야 한다고 생각하니 잠이 오지 않았습니다. 며칠을 두고 생각했지만 묘책이 떠오르지 않습니다. 곰은 야수 중의 야수입니다. 산중에서 손꼽히는 무서운 동물입니다. 앞발의 힘은 어마어마합니다. 앞발로 상대의 머리를 내려치기면 두개골이 산산조각 납니다. 후려치기를 하면 머리가 몸통에서 분리돼서 떨어져 날아갑니다. 한 대만 맞아도 금방 죽습니다. 게다가 곰은 웬만한 창이나 칼은 씨알도 안 먹힙니다. 그런 곰을 잡으려면 총이 있어야 합니다. 총은 한두 푼으로 살 수 없습니다. 우리 집 형편에 총을 구한다는 것은 곰을 잡는 일보다 더 어렵습니다.

용바우는 와리 장터 의원네 뒷집에 사는 김 포수에게 부탁을 해서 곰을 잡아야겠다고 생각했습니다. 김 포수는 사냥을 잘한다고 소문이 자자한 사람입니다.

몇 년 전에는 강원도 깊은 산에서 호랑이를 잡았습니다. 김포수가 잡은 집채만한 호랑이를 구경하러 오는 사람들이 어마어마했다고 합니다. 아무리 날쌔고 힘센 동물들도 김 포수에게 걸려들기만 하면 살아남지 못합니다. 그런 김 포수에게 부탁을 하면 곰 한 마리 잡는 것은 식은 죽 먹기보다 쉬울 것이라는 생각이 들자 용바우의 걱정은 순식간에 날아갔습니다.

　아침 일찍 용바우가 마당으로 나왔습니다. 마당 구석에서 고추를 말리던 쇠바우가 묻습니다.

"어디를 갈려고 그렇게 차리고 나오냐?"

"응, 잠시 갔다 올 데가 있어."

"어딘데?"

"그런 데가 있어."

"왜? 비밀이냐?"

"응, 비밀!"

"형한테 무슨 비밀이냐? 말해 봐!"

"나중에 말할게."

"?"

쇠바우가 이상하다는 눈빛으로 바라봅니다. 용바우는 형 쇠바우를 뒤로 한 채 집을 나섰습니다.

　마침 김 포수는 집에 있었습니다. 김 포수는 사냥총을 기름걸레로 닦고 있었습니다.

방안에는 여러 짐승의 가죽들이 보입니다. 창가에는 새끼 멧돼지를 비롯해서 꿩, 노루, 고라니들의 박제들이 나란히 놓여있습니다.

김 포수가 앉아 있는 뒤 벽 가운데에는 호랑이 가죽이 걸려 있습니다. 윗부분의 호랑이 머리통은 대단합니다. 두 개의 송곳니는 어떤 짐승도 달아날 수 없다는 듯이 날카롭습니다. 눈은 살아있는 것처럼 빛납니다. 날카로운 이빨과 쏘아보는 듯한 두 눈은 금방이라도 달려들듯 합니다. 갈색 바탕에 검정 줄무늬가 있는 호랑이 가죽은 호랑이의 위용을 말하고 있었습니다.

총을 닦던 김 포수가 가늠쇠에 눈을 갖다 대더니 용바우를 향합니다. 용바우는 가슴이 철렁했습니다. 김 포수가 묻습니다.

"뭣 담시 왔어? 한 마리 사가려고?"

"그게 아니라. 저…."

"그럼?"

용바우가 찾아온 이유를 말했습니다. 그리고 김포수의 눈치를 살폈습니다. 김 포수가 말합니다.

"집 한 채 값은 있어야 허는디?"

"네에?"

곰 한 마리에 집 한 채 값이라는 말에 용바우는 할 말을 잃었습니다.

집으로 돌아온 용바우는 생각해 보고 또 생각해 봅니다. 아무리 생각을 해봐도 뾰족한 방법이 없습니다. 집 한 채 값은 고사하고 먹고 살기에도 벅찹니다. 우리 집 형편으로 집 한 채 값을 장만한다는 것은 불가능한 일입니다. 그렇다고 곰을 잡는 일은 포기할 수 없습니다. 하루라도 빨리 곰을 잡아 웅장으로 아버지의 병환을 낫게 해야 합니다. 이런 생각 저런 생각을 하면서 용바우는 밤새 뒤척이다 잠이 들었습니다.

와리 장에 가신 어머니가 대문에 들어오십니다. 쇠바우와 용바우와 금바우, 삼형제가 어머니에게 달려갑니다. 어머니는 시장바구니를 마루에 내려놓습니다. 막내 금바우가 찐빵을 사왔느냐며 얼른 보따리를 풀라고 합니다. 금바우가 시장바구니를 들여다봅니다. 그런데 찐빵은 없습니다.

"에이~ 찐빵이 없잖아?"
금바우가 불만스럽게 말합니다. 어머니는 웃으시면서 찐빵보다 더 좋은 것을 사 왔다고 합니다.

장바구니 속에는 밧줄과 도끼와 냄비가 들어있습니다. 쇠바우와 용바우와 금바우가 서로의 얼굴을 쳐다봅니다. 어머니가 바우 삼형제를 돌아보십니다. 그리고는 먼저 밧줄을 막내 금바우에게 줍니다. 냄비를 용바우에게 줍니다. 마지막으로 도끼를 쇠바우에게 줍니다. 금바우가 받은 밧줄은 고래 힘줄보다도 튼튼합니다. 용바우가 받은 냄비는 큼직한 쇠냄비였습니다.

쇠바우가 받은 도끼는 날이 잘 서 푸른빛이 납니다. 밧줄을 받은 금바우가 자기 것이 제일 나쁘다고 울기 시작합니다. 어머니는 아무 말을 하지 않고 대문 밖으로 나가십니다.

용바우가 어머니를 부르며 쫓아 나갑니다. 어머니는 보이지 않습니다. 어머니는 흰 옷자락을 너울너울 날리면서 하늘로 날아갑니다. 용바우는 어머니의 뒤에 대고

"어머니! 어머니이~"

부릅니다. 어머니가 돌아다보더니

"용바우야! 용바우야!"

무슨 말을 할 듯 말 듯 하더니 사라집니다.

꿈이었습니다. 이마에서 땀이 흐릅니다. 깔고 자던 요가 축축합니다. 용바우는 방금 꾼 꿈을 생각합니다. '왜 돌아가신 어머니가 꿈에 오셨을까? 그것도 밧줄과 도끼와 냄비를 주셨을까?' 아무리 생각을 해도 알 수 없습니다.

용바우가 다송산으로 곰을 찾아 나섭니다. 눈이 많이 내렸습니다. 새끼줄로 신발을 칭칭 감고 아버지의 지팡이를 들고 나섰습니다. 눈밭에 빠지지 않으려면 새끼줄로 신발을 감아야 합니다. 지팡이를 짚어야 몸의 균형을 잡을 수 있습니다. 그래도 빈 몸이어서 발걸음은 가볍습니다.

겨울 산은 미끄럽습니다. 산을 향해 오르자 숨이 턱까지 고입니다. 이마와 등에서 땀이 납니다.

그러나 나뭇잎이 떨어져 있어도 앞은 잘 보입니다. 산 중턱 너럭바위에 앉았습니다. 겨울바람은 금방 땀을 식혀주고 한기가 들게 합니다. 일어서자 아래 골짜기 옆에 아름드리나무가 보입니다.

다송산에 저렇게 큰 나무가 있다는 것을 처음 알았습니다. 용바우는 산을 내려와 나무가 있는 곳으로 갔습니다. 굴참나무였습니다. 바우 삼형제가 함께 껴안아도 모자랄 만큼 컸습니다. 굴참나무 밑동에 뭔가가 보입니다. 용바우는 다가가 안을 들여다봤습니다. 곰이었습니다. 지난 가을에 슬슬 산을 넘어간 그 곰입니다. 용바우는 숨이 멎을 것 같았습니다. 뒷걸음질을 치며 도망치다시피 산을 내려왔습니다.

쇠바우, 용바우, 금바우 삼형제가 발자국 소리를 죽이며 굴참나무에 다가갑니다. 곰이 숨을 쉬고 있는지 나무 틈에는 성에가 끼고 나뭇가지의 눈이 녹아있습니다. 바우 삼형제는 침을 삼킵니다. 쇠바우가 허리춤에 차고 온 도끼로 나무 밑동에 구멍을 냅니다. 곰이 깊은 잠에 빠졌는지 꼼짝하지 않습니다. 구멍 속으로 찬바람이 들어가자 곰이 발 하나를 구멍 밖으로 내밀었습니다. 구멍을 막을 요량이었습니다. 시커먼 곰 발바닥은 쇠바우의 얼굴보다도 컸습니다.

순간 금바우가 밧줄로 곰의 발을 묶었습니다. 쇠바우가 구멍 밖으로 나온 곰의 발목을 도끼로 힘껏 내리쳤습니다. 옆에 서 있던 용바우가 재빠르게 발목을 주워 담고 냄비 뚜껑들 덮었습니다.

눈 깜짝할 사이에 일어난 일입니다. 바우 삼형제는 '다리야 날 살려라!' 냅다 뛰었습니다. 뒤에서 곰이 울부짖는 소리가 들립니다. 아름드리 굴참나무가 통째로 흔들립니다. 나뭇가지에 내린 눈이 한꺼번에 땅으로 떨어지고 산새들이 놀라 하늘 높이 치솟습니다.

바우 삼형제가 부엌에서 곰 발바닥 요리를 시작합니다. 쇠바우가 걱정스럽게 말합니다.

"곰 발바닥을 구하기는 했는데 요리를 어떻게 해야지?"

금바우가 쇠바우를 바라보며 말합니다.

"삶기 아니면 굽기지."

용바우가 종이쪽지를 내 놓습니다.

"걱정 마, 여기 요리법을 알아왔어."

금바우가 묻습니다.

"어디에서?"

용바우가 말합니다.

"지난번 의원님 모셔다드릴 때 의원님께 들은 말을 다 적어 놨거든."

금바우가 침을 삼키며 용바우의 입을 바라봅니다. 용바우가 말을 이어갑니다.

"의원님 말씀은 갓 잡은 곰 발바닥에 물기가 묻으면 금방 상한다고 했어. 그러기 때문에 종이나 헝겊으로 핏물을 잘 닦아낸 다음 항아리에 석회를 깔고 다시 그 위에 볶은 쌀을 뿌리고 곰 발바닥을 놓아야 한대. 항아리 나머지 공간을 볶은 쌀로 가득 채우고 뚜껑을 석회로 봉하여 한두 해 저장해 두면 변질이 안 되면서도 적당히 말라 약효가 뛰어난 곰 발바닥 요리가 된대!"

용바우의 말을 듣던 쇠바우가 말합니다.

"우리는 당장 급한데 일 이년을 저장하기에는 시간이 없잖아?"

금바우가 묻습니다.

"그럼 방법이 없다는 거야?"

용바우가 말합니다.

"있지! 이 종이가 그거야!"

방법이 있다는 말에 쇠바우와 금바우가 서로 얼굴을 바라보며 안도의 눈빛을 보냅니다.

용바우가 곰 발바닥 요리법이 적힌 종이를 안 주머니에서 꺼냅니다. 금바우가 말합니다.

"큰형이 하나씩 읽어. 그럼 작은 형과 내가 요리를 할게."

쇠바우가 말합니다.

"그게 좋겠다."

용바우가 말합니다.

"잠깐!, 먼저 재료를 다시 한 번 확인해보자고."

금바우가 말합니다.

"맞아."

용바우가 부엌 바닥과 부뚜막에 늘어 논 재료를 살핍니다. 2근 반 정도의 곰 발바닥이 있습니다. 닭고기와 돼지고기, 돼지기름이 있습니다. 여러 채소가 많습니다. 간장, 소금, 향유가 있습니다. 청주와 후춧가루, 생강, 파가 있습니다. 계란과 전분가루, 삶은 메추리알, 적당량의 물이 있습니다. 용바우가 손가락으로 가리킬 때마다 쇠바우와 금바우가 고개를 끄덕입니다. 쇠바우가 말합니다.

"재료는 이상 없다. 지금부터 종이에 적힌 대로 따라서 웅장 요리를 만들어보자."

금바우가 팔을 걷어붙이더니 물에 손을 씻습니다. 이 모습을 바라보던 쇠바우가 말합니다.

"막내는 위생 관념이 철저하니 요리사를 하면 잘 할 거야."

금바우가 쇠바우를 쳐다보며 말합니다.

"자! 슬슬 시작해 볼까?"

쇠바우가 손에 든 종이를 읽습니다.

첫째 물에 불려놓은 곰 발바닥을 깨끗이 씻어서, 끓는 물에 살짝 데친 후 다시 한 번 깨끗하게 씻어서 살점이 붙어 있는 부분에 "+"로 칼집을 낸 다음 천에 싼다.

둘째 닭고기, 돼지고기를 따로 나누어서 크게 썰고, 끓는 물에 데친 다음 미지근한 물에 깨끗이 씻는다.

셋째 곰 발바닥, 닭고기 돼지고기를 분리해서 냄비(곰 발바닥을 냄비 중간 담는다)에 담는다. 국물, 소금, 청주, 후춧가루를 넣고 끓이다가 거품을 제거하고 생강, 파를 넣고 약한 불에서 곤다.

넷째 닭고기의 양면에 칼집을 낸 다음 소금, 청주, 후춧가루로 양념한다.

다섯째 계란, 전분 가루를 섞어서 만든 양념장에 닭고기를 넣고 반죽한 다음 기름에 넣고 저어 노르스름해지면 꺼내서 손가락 두 마디 정도의 길이로 두껍게 썬다. 가지런하게 냄비에 담고 국, 소금, 청주, 생강, 파를 넣은 후 찐다.

여섯째 녹색 채소는 깨끗하게 씻어서 돼지기름, 소금을 넣고 볶은 후, 반은 접시 중간에 담고 찐 닭고기를 그 위에 깔고 다시 곰 발바닥을 천에서 꺼내 그 위에 올려놓는다.

일곱째 곰 발바닥을 삶고 남은 국물은 간장, 조미료를 넣고 간을 한 다음 전분 소스를 넣고 끓이다가 진해지면 향유를 치고 곰 발바닥 위에 끼얹는다.

여덟째 고명으로 삶은 메추리알을 같이 내 놓는다.

부엌에서 쇠바우, 용바우, 금바우가 열심히 곰 발바닥 요리를 만들고 있습니다. 이때 방안에서 부엌에 대고 아버지가 말합니다.
"야들아, 지금 뭘 만들기에 냄새가 진동하나?"
쇠바우가 방에 대고 큰 소리로 말합니다.

"아버님! 조금만 참으세요. 맛있는 요리를 만들고 있는 중이에요."

"맛있는 요리?"

바우 삼형제가 대답합니다.

"네~."

"애비, 목젖 떨어지것다."

쇠바우가 두 동생에게 말합니다.

"서둘러야겠다. 아버지께서 시장하신가 보다."

금바우가 말합니다.

"시장한 것도 시장한 것이지만 곰 발바닥 요리 냄새 때문이야!"

아닌 게 아니라 곰 발바닥 요리가 잘되어 가는지 구수한 냄새가 코를 찌르고 부엌 문턱을 넘어 안방까지 진동합니다.

금바우가 곰 발바닥 요리가 담긴 접시를 들고 안방으로 들어갑니다. 쇠바우와 용바우가 뒤를 따라 들어갑니다. 아랫목에 누워있던 아버지가 일어나려고 합니다. 쇠바우와 용바우가 아버지를 부축합니다. 앉아 있는 아버지가 금방이라도 넘어질 것 같습니다. 잔기침을 합니다. 금바우가 말합니다.

"아버님, 이것 좀 잡숴보세요."

"이게 뭐냐?"

"아버님 약입니다."

"약? 내 병은 백약이 무효하지 않느냐?"

용바우가 말합니다.

"아버님도, 참!"

쇠바우가 말합니다.

"이 약 드시고 얼른 일어나세요."

금바우가 요리 접시에서 곰 발바닥 한 점을 아버지의 입에 넣어드립니다. 아버지가 한입 받아먹습니다. 쇠바우와 용바우와 금바우가 아버지의 입을 바라봅니다.

"어유~ 도대체 이것이 뭔데 맛이 이렇게 기가 막히냐?"

쇠바우와 용바우와 금바우가 서로의 얼굴을 바라봅니다. 쇠바우가 말합니다.

"아버님, 잡수실 만 하신가요?"

"응! 진하면서도 신선하고 연하면서 감칠맛이 나는구나! 몰캉몰캉한 것을 보니 돼지비계를 삶은 것 같기도 하고…."

용바우가 말합니다.

"잘 맞추셨습니다. 삶은 돼지고기입니다."

용바우는 곰 발바닥이라고 말씀드리면 혹시라도 먹지 않으실까 걱정이 되어 순간 거짓말을 합니다. 쇠바우와 금바우가 용바우의 얼굴을 쳐다봅니다. 용바우가 미안하다는 듯이 어깨를 움찔합니다. 금바우가 아버지 시중을 드는 사이 곰 발바닥 요리 접시가 깨끗이 비워졌습니다.

아버지가 잘 먹었다며 트림을 합니다. 용바우가 아버지의 등을 쓸어 줍니다.

이제 아버지는 건강을 되찾았습니다. 낮에는 다송산에 갑니다. 조선낫으로 소나무 가지를 쳐 지게에 지고 옵니다. 청솔가지로 군불을 때면 방이 쩔쩔 끓습니다. 아버지는 따뜻한 방안에서 새끼를 꼬거나 맷방석을 만듭니다.

아랫목에서는 바우 삼형제가 장기를 둡니다. 쇠바우와 용바우가 장기를 두면 금바우는 옆에서 훈수를 합니다. 훈수를 할 때면 금바우는 큰형 편이었다가 작은 형 편이었다가 종잡을 수가 없습니다. 쇠바우가 말합니다.

"막내는 도대체 누구 편이냐? 이편 들었다가 저편 들었다가 알 수가 없네."

금바우가 말합니다.

"아무나 이기는 사람 편이야!"

용바우가 말합니다.

"그래도 그렇지! 남자가 지조가 있어야지. 간에 붙었다 쓸개에 붙었다 그게 말이 되냐?"

그때였습니다. 아버지가 한마디 합니다.

"이제 그만들 하고 자라!"

"벌써요?"

용바우가 말합니다. 그렇잖아도 형에게 장기를 내려 두 판이나

져 자존심이 상해 있었기 때문입니다.

아버지는 용바우 마음을 알기나 한다는 듯이

"모든 게임은 승자와 패자가 있기 마련이다. 졌다고 불평하지 마라. 내일 이기면 된다."

"내일은 내일이구요. 지금 당장 기분이 나쁘잖아요?"

"기분 나빠도 할 수 없지! 이미 진 장기판을 돌려놓을 수는 없으니까."

아버지의 말이 옳습니다. 하지만 용바우의 기분은 찜찜합니다.

문밖에는 목화송이 같은 함박눈이 펑펑 쏟아집니다.

"그나저나 내일 아침에는 눈이 많이 쌓이겠구나."

쇠바우가 아버지의 말을 받습니다.

"그러게요. 이대로 내리면 무릎까지 빠지겠어요."

"그럼 빠지고말고! 토끼몰이에 안성맞춤이겠다."

아버지가 토끼몰이라는 말을 꺼내자 금바우가 반색을 합니다.

"진짜요? 내일 토끼몰이 갈 거예요?"

"그래! 한번 가 볼까?"

금바우가 신이 나서 말합니다.

"토끼 몇 마리 잡으면 우리 식구 몸보신할 수 있잖아요?"

말은 그렇게 했지만 금바우는 걱정입니다. 토끼몰이는 그냥 하는 것이 아니기 때문입니다. 토끼몰이를 하기 위해서는 사람이 필요합니다. 그뿐이 아닙니다. 토끼를 몰아넣을 그물이 있어야 합니다. 몰이를 할 때 몰잇군들이 쓸 꽹과리나 깡통은 물론 몽둥이나 작대기 등이 있어야 합니다.

쇠바우가 말합니다.

"토끼몰이를 갈려면 준비할 것들이 많은데요?"

아버지가 말합니다.

"준비물? 응, 다 해놨어!"

"어떻게요?"

"전에 쓰던 것, 진즉 손질해 놨지."

쇠바우와 용바우와 금바우 얼굴에 기쁨이 넘칩니다.

토끼몰이는 눈이 수북이 쌓인 겨울철 신나는 놀이자 사냥입니다. 토끼몰이에는 마을의 사람들이 모두 동원됩니다. 산 중턱에 30~40m짜리 긴 그물을 칩니다.

몽둥이 하나씩을 들고 한편은 산 위에서 다른 한편은 산 아래서 산을 에워싼 뒤 일시에 '와!' 소리를 지르며 토끼를 몹니다. 그럼 굴속에 있던 토끼들이 함성에 놀라 튀어나옵니다. 무릎이 빠질 정도로 쌓인 눈밭에 발이 빠진 토끼들은 우왕좌왕합니다.

토끼는 앞다리와 뒷다리의 길이 차이가 납니다. 앞다리는 뒷다리보다 짧고 가늡니다. 그러기 때문에 뒷다리가 긴 토끼는 아래쪽으로는 잘 뛰지 못합니다. 토끼를 산 정상 쪽으로 몰고 올라가면 긴 뒷발로 톡톡 차며 힘차게 올라가기 때문에 놓치기 쉽습니다.

61

반면 토끼를 산 위쪽에서 산 아래쪽으로 몰면 앞다리가 짧아 잘 뛰지 못하고 급하게 뛰다 보면 뒹굴게 됩니다. 토끼몰이가 잘 될 때는 한 번에 여러 마리를 잡기도 합니다. 이런 토끼몰이는 수렵시대 같은 원시적 즐거움이 있습니다.

아침 일찍 쇠바우가 눈을 떴습니다. 방문을 열자 밤새 내린 눈으로 마당이 온통 하얗습니다. 말 그대로 폭설이 내린 것입니다. 무릎까지 빠질 정도로 내린 눈은 하얗다 못해 눈이 부십니다. 쇠바우는 용바우를 흔들어 깨웁니다.

"용바우야, 눈이 왔어. 몽땅 왔다고!"

눈이 왔다는 말에 용바우가 벌떡 일어납니다.

옆에 자고 있는 금바우에게

"금바우야 눈이 왔대. 어서 일어나!"

용바우의 말을 들은 금바우가 눈을 비비더니

"진짜? 그럼 토끼몰이를 가는 거야?"

그때였습니다.

"다들 일어났구나."

아버지의 말이 떨어지는 순간 종소리가 들려옵니다. 종소리는 토끼몰이를 가자는 신호였습니다. 해마다 눈이 많이 내린 날 마을 사람들이 토끼몰이를 나갑니다. 말하자면 마을의 연례행사입니다. 가던 날이 장날이라는 말처럼 어젯밤 바우 형제들과 아버지의 토기몰이 이야기와 딱 맞아떨어진 것입니다.

마을 사람들이 마을 입구에 모였습니다. 의기양양합니다. 모두 즐거운 표정입니다. 이장님이 앞서고 마을 사람들이 뒤따라 다송산으로 향했습니다. 아버지는 긴 그물을 어깨에 메고 쇠바우는 작대기를 들었습니다. 용바우는 깡통을 들었습니다. 금바우는 맨몸이었습니다.

다송산 입구에 이르자 앞서가던 이장님이 걸음을 멈췄습니다. 뒤를 돌아다보더니 한 마디 합니다.

"여러분 토끼가 나타났다고 마음대로 소리를 치거나 깡통 같은 것을 두들기지 마세요. 제가 신호를 보낼 테니 신호에 맞춰 행동해야 토끼를 잡을 수 있습니다. 말하자면 개인행동은 자제해야 한다는 말입니다. 알겠어요?"

이장님의 말을 듣던 마을 사람들은 알았다는 눈길을 보냅니다.

다송산에 오르자 마을 사람들은 일정한 간격을 유지하며 토끼 발자국을 찾았습니다. 이때였습니다. 금바우가 낮은 목소리로

"큰 형 저기! 저기 좀 봐."

금바우가 손가락으로 토끼 발자국을 가르쳤습니다. 뒷다리에 힘을 모아 깡총깡총 뛰어간 흔적이 역력합니다. 다른 동물과는 달리 뒷발이 앞쪽에 찍혀 있는 토끼 발자국은 머리를 써야 어떤 방향으로 가고 있는지를 알 수 있습니다. 토끼 발자국은 세 개의 점으로 이루어졌습니다. 앞쪽에 나란히 두 개, 뒤쪽에 한 개입니다.

눈 위에 찍힌 토끼 발자국이 마치 나 잡아 보라는 듯이 선명합니다. 이때였습니다.

"행동개시!"

이장님의 목소리가 산을 쩌렁쩌렁 울렸습니다. 마을 사람들이 일제히 '와~' 고함을 질러댔습니다.

고함 소리에 다송산이 들썩입니다. 땅굴에 숨어있던 잿빛 토끼들과 흰 토끼들이 고함 소리에 놀라 굴 밖으로 용수철같이 튀어나왔습니다.

토끼 세 마리가 한꺼번에 나타나 토끼몰이가 시작되었습니다. 토끼들은 눈밭에 발이 빠져 우왕좌왕합니다.

산 위쪽에서 우~' 하고 쫓으면 토끼들은 산 아래쪽으로 도망갑니다. 앞다리가 짧은 토끼들은 뛰는 것이 아니라 마치 공처럼 굴러갑니다. 이때 토끼가 자기가 서 있는 쪽으로 오면 사람들은 '우~' 하며 고함을 더 크게 질러댑니다. 재빠른 토끼를 손으로 잡을 수는 없는 노릇입니다. 토끼가 지칠 때까지 무조건 소리를 지르며 따라다녀야 합니다.

토끼 한 마리가 금바우 앞에 나타났습니다. 냄비 뚜껑으로 덮쳤습니다. 토끼가 쏜살같이 달아납니다. 금바우가 소리칩니다.

"작은 형! 그쪽으로 간다. 어서 잡아!"

놀란 토끼가 용바우 앞으로 달려옵니다. 용바우가 냅다 작대기를 내리쳤습니다. 얼마나 빠른지 토끼는 도망쳐 버리고 하얀 눈 속에 작대기 자국만 일자로 새겨졌습니다.

위쪽으로 도망치던 토끼는 몽둥이에 맞아 잡히기도 하고 아래쪽으로 도망친 토끼는 그물을 쳐놓고 기다리던 그물 패에게 잡히기도 합니다. 토끼몰이의 즐거움은 산을 오르내리며 토끼를 쫓아 뛰어다니는 것입니다. 그뿐만 아니라 토끼를 발견하면 고함을 질러대고 깡통이나 냄비뚜껑을 쳐대는 것입니다. 그중에서도 토끼와 마주쳐 근접하면 몽둥이나 작대기를 휘두르는 기분은 최고입니다.

토기몰이는 대 성공이었습니다. 무려 아홉 마리를 잡았습니다. 토끼몰이는 점심때가 훨씬 지나서야 끝이 났습니다. 바짓가랑이에 너덜너덜 얼어붙은 작은 물방울 같은 고드름을 탈탈 털어내며 집으로 돌아오면서도 배가 고프다고 투정하는 사람이 없습니다. 잡은 토끼들을 바라만 보아도 배가 부릅니다. 아이들이 쓴 귀마개는 작년에 잡은 토끼털로 만든 것입니다. 내년 이맘때는 불어난 귀마개 몇 개가 아이들의 귀를 따뜻하게 덮어 줄 것입니다.

어느덧 겨울이 가고 봄이 왔습니다. 다송산에는 진달래가 피고 나무들은 새싹을 내밉니다. 산 꿩이 날아오르고 다람쥐들이 나뭇가지를 오르내립니다. 산골짜기에서는 맑은 물이 흐릅니다. 봄볕이 따뜻한 마루에 아버지가 나와 앉아 있습니다. 언제 아팠느냐는 듯이 얼굴빛이 좋습니다. 잔기침도 하지 않습니다. 허리도 꼿

꽂합니다. 아버지가 바우 삼형제를 부릅니다. 쇠바우와 용바우와 금바우가 댓돌 아래에 섭니다.

"며칠 후면 한식이다. 애비가 말한 것처럼 너희 어머니 묘를 손 봐야겠다. 몇 년 전부터 손을 본다는 것이 지금까지 미뤄왔다."

한식은 동지로부터 105일째 되는 날입니다. 설날, 단오, 추석과 함께 4대 명절의 하나로 청명절 다음 날이거나 같은 날에 듭니다. 계절적으로는 한 해 농사가 시작되는 철이기도 하며 이날은 조상의 산소나 가정에 부뚜막·벽·방바닥을 고치거나 손질해도 무해하다고 합니다. 그뿐만 아니라 사초를 하고 이장이나 개장을 합니다. 겨우내 무너져 내린 무덤을 보수하기도 합니다. 쇠바우가 말합니다.

"그렇지 않아도 어머니 산소가 말이 아닙니다. 봉분도 많이 낮아지고 잔디보다 잡초가 더 많습니다. 이참에 잔디도 다시 입히고 상석과 비석도 함께 세우는 것이 좋겠습니다."

용바우가 말합니다.

"맞아요. 아버님! 아버님의 병환도 나으셨잖아요? 이번 기회에 어머님의 산소를 정비하지요"

쇠바우가 말합니다.

"그래요. 그게 좋겠어요."

아버지가 고개를 끄덕입니다.

쇠바우와 용바우와 금바우, 바우 삼형제가 아버지를 모시고 석공장이 있는 황등으로 나갑니다. 오랜만의 가족 나들이입니다.
쇠바우가 말합니다.

"아버님, 참으로 오랜만이지요?"

"그래. 봄 날씨가 그만이구나!"

금바우가 말합니다.

"어머니가 계셨더라면…"

말끝을 흐립니다. 옆에 걷던 용바우가 말합니다.

"아버님이 쾌차하셔서 하늘나라에 계신 어머님도 좋아하실 거예요"

금바우가 얼른 말을 잇습니다.

"그러니까, 어머님의 석물을 하러 가잖아."

석공장에는 비석, 상석, 둘레석, 석등, 망두 등이 전시되어 있습니다. 석물은 묘지 배경이나 묘지를 보호하고 고인을 기린다는 의미에서 설치합니다. 비석은 전통적 형태와 입비(용머리비석, 각비석, 평비석)와 서구적 형태의 와비(빗선와비, 일반와비), 자연석으로 된 비석(간판용, 홍보용)이 있습니다. 비석은 지대석, 비신, 옥개석으로 구분됩니다. 지대석과 옥개석은 화강암을 사용하며 비신(글씨를 새기는 부분)은 오석을 사용합니다. 비석은 고인의 사적을 칭송하고 이를 후세에 전하기 위하여 문장을 새겨 넣은 돌로 비, 빗돌, 석비라고 부릅니다. 입비와 와비가 있습니다. 여기에 새겨 넣은 글은 금석문金石文이라 합니다. 금석문은 귀중한

사료가 됩니다. 석공장 주인은 용첩비석, 갓비석, 월두비석에 대하여 설명합니다. 월두비석은 보통 일반인들이 사용한다고 합니다. 보통 비석은 좌대와 비신으로 2단 형태이며 비교적 작은 규모로 2.5척부터 3.7척의 크기라며 일반인들은 월두비석을 합니다.

비석碑石은 화강암으로 된 것도 있고 오석烏石(규산이 풍부한 유리질의 화산암)으로 된 것도 있다고 합니다. 상석床石은 무덤 앞에 제물을 진설하기 위해서 설치하는 돌로 된 제상祭床입니다. 직사각형의 돌을 다듬고 원형의 받침돌 4개를 붙여 만들어 무덤 앞에 놓은 것입니다. 상석 한 벌은 상석, 향로석, 북석, 기초석, 걸방석, 혼유석으로 구성됩니다. 향로석은 향을 피워 사악한 기운이나 벌레를 물리치는 역할을 하고 혼유석은 영혼이 나와서 놀 수 있도록 하기 위한 돌입니다.

둘레석은 각 묘태석(4각, 8각, 12각)과 원형 둘레석으로 구분합니다. 각 묘태석은 단아하고 설치가 쉽습니다. 원형 둘레석은 곡선미가 아름답고 고급스럽습니다. 주로 화강암을 사용하며 문양이 없는 것이 있고 정면에 무궁화를 다른 면에는 사군자를 넣기도 합니다.

그 외의 석물로는 용대석龍臺石, 혼유석魂遊石, 상석床石, 고석鼓石, 향로석香爐石, 준석樽石, 계체석階체石, 석의石儀, 석인石人, 문관석文官石, 무관석武官石, 동자석童子石, 석수石獸, 석양石羊, 석호石虎,

동자(童子)

능분 (陵墓)

상석
(床石)

망주석
(望柱石)

향로석

비
碑

주석

장명등
(長明火燈)

석마石馬, 망주석望柱石, 석등石燈, 상석床石 뒤를 괴어 놓는 긴 돌인 걸방석 등이 있다고 석공장 주인은 설명해 줍니다. 쇠바우와 용바우와 금바우는 자세히 설명해 주는 석공장 주인의 말을 들으며 입을 다물지 못했습니다.

오늘은 한식寒食입니다. 한식은 봄이라는 계절의 시작을 의미합니다. 이 날은 '개사초고제改莎草告祭'라 하여 무덤의 주인에게 봉분을 보수하겠으니 놀라지 마시라는 제사를 올립니다.

한식은 공마일空魔日 입니다. 공마일은 마魔가 끼지 않는 날로 귀신이 발동하지 않는다는 뜻입니다. 한식에는 모든 귀신이 옥황상제께 조회朝會를 하려 하늘로 올라감으로 귀신이 없는 날이라 하여 이장移葬, 석물石物, 사초莎草 등 행사를 하여도 무해無害, 무방無妨 하다고 합니다. 그러기 때문에 이 날을 택하여 산역山役을 합니다. 또한 성묘를 하기도 합니다. 무덤이 헐거나 잔디가 부족할 때 보충합니다.

쇠바우와 용바우와 금바우는 어머니의 산소를 손질하려고 산신제山神祭를 지냅니다. 산신제는 오늘 어머니 산소 일을 한다는 사실을 산신께 알리고 앞으로 산소를 잘 보살펴 줄 것을 고하는 제사입니다. 산신제가 끝나자 비석과 상석과 둘레석을 실은 트럭이 옵니다. 뒤에는 포클레인이 따라옵니다. 그 뒤로 잔디를 실은 차가 들어옵니다. 마을 사람들과 아버지와 바우 삼형제가 길을 비켜 줍니다. 포클레인이 트럭에서 내리더니 비석과 상석과 둘레석을 물어 나릅니다.

어머니의 산소에는 띠 풀뿌리가 깊이 박혀있습니다. 바우 삼형제가 어머니의 산소 봉분의 흙을 모두 긁어내고 새로운 흙으로 봉분을 만듭니다. 봉분에 잔디를 입힙니다. 석공장에서 온 인부들이 둘레석을 세웁니다. 포클레인과 동네 사람들이 힘을 모아 어머님의 무덤 앞에 상석을 놓습니다.

오늘의 하이라이트인 비석을 세웁니다. 비석은 지붕에 해당하는 가첨석加添石과 비석면에 해당하는 비신碑身과 기단基壇에 해당하는 비대석碑臺石 세 부분으로 구성됩니다.

비석을 세우는 것은 고인을 영원히 잊지 않고 기억하겠다는 영원성과 한 집안을 상징하는 상징성이 있습니다.

비석의 앞면에 "유인전주최씨지묘孺人全州崔氏之墓" 뒷면에 정쇠바우, 정용바우, 정금방우라고 새겼습니다. 비석은 작지만 깔끔해 보입니다. 쇠바우, 용바우, 금바우 삼형제가 어머님의 산소 주변에 잔디를 깔고 발로 밟아 줍니다. 마지막으로 위안묘제慰安墓祭를 지냈습니다. 위안묘제는 오늘 산역을 잘 마쳤으니 안정하시고 편히 계시기를 기원하는 제사입니다. 아버지가 어머니의 산소에 손을 얹고 말합니다.

"임자! 미안하오. 임자가 살아있는 동안 잘해 주지 못해 정말 미안하오. 삼바우 덕분에 모든 것이 잘 됐소"

아버지를 바라보는 쇠바우와 용바우와 금바우는 콧등이 시큰

했습니다. 산소다운 어머니의 묘를 바라보는 아버지의 눈가에 이슬이 맺혔습니다. 그것은 슬픔이 아닌 기쁨의 눈물입니다.

아버지가 앞서고 쇠바우와 용바우와 금바우가 뒤를 따라 산을 내려옵니다.

진달래가 여기저기 피고 산 벚이 금방이라도 꽃망울을 터뜨리겠다고 주먹을 야무지게 쥐고 있습니다. 금바우가 진달래 한 잎을 따 깨뭅니다.

"형아들아, 진달래꽃을 따다가 화전花煎을 부쳐 먹자!"

"화전? 좋지! 그래, 그래"

쇠바우와 용바우가 환호성을 지릅니다. 삼바우를 바라보는 아버지의 이마가 봄입니다.

혼자 도는 바람개비

혼자 도는 바람개비

-어린이날의 운동장-

  운동장 주변 화단에는 철쭉꽃이 서로의 자태를 뽐내며 울긋불긋 피었습니다. 그뿐이 아닙니다. 학교 앞산의 나무도 싱싱합니다. 오월의 하늘은 파랗고 사람들은 즐거운 표정입니다. 지금쯤 금지는 어린이 대공원에 가 있을 것입니다. 형만이는 장난감을 사러 간다고 했습니다.

  오늘이 바로 어린이날입니다. 그러나 노마는 어린이날이 싫습니다. 아빠와 엄마가 안 계셔서 친구들처럼 어린이날을 즐길 수 없기 때문입니다. 1학년 때인 작년에도 그랬습니다. 온종일 혼자서 집을 지켰습니다. 노마는 학교에 가지 않는 날은 혼자서 집을 봐야 합니다. 할머니께서 식당에 일하러 가시기 때문입니다. 오늘도 집을 봐야 했지만 집에 있기가 싫었습니다.

  막상 집을 나왔지만 갈 곳이 없습니다. 같이 놀 친구인 순이도 달진이도 오늘은 집에 없습니다. 순이는 며칠 전에 부모님과 해외여행을 갔습니다. 달진이는 독립 기념관과 민속촌을 간다고 했습니다. 노마는 산동네 계단을 터벅터벅 내려왔습니다. 걷다 보니 어느덧 학교 운동장까지 왔습니다. 운동장 가의 돌의자에 앉았습니다.

-아빠와 엄마가 계셨더라면 얼마나 좋을까?-

생각하니 눈물이 핑 돕니다. 하늘을 올려다보았습니다. 엄마의
얼굴이 보였습니다. 노마는 '엄마!' 하고 불렀습니다. 그 소리는
큰 소리가 아니었습니다. 입속에서 맴도는 작은 소리였습니다.
엄마가 하늘에서 웃고 계셨습니다. 이번에는 아빠 얼굴을 그렸습
니다. 그런데, 아빠의 얼굴은 떠오르지 않습니다. 사진 속에서 봤
던 아빠의 얼굴을 떠올렸지만 떠오를 듯 떠오를 듯하면서 생각
나지 않습니다.

   노마의 아버지는 교통사고로 노마가 갓 돌이 지났을 때 돌아
가셨습니다. 아버지께서는 조그만 공장을 경영하셨습니다. 그때
만 해도 공장 운영이 잘 되었습니다. 어머니도 항상 웃으셨고 할
머니는 동네 친구들에게 우리 아들은 효자라며 자랑을 많이 하
셨습니다. 그런데 나라의 경제가 어려워지고 외환위기가 닥쳐 공
장 운영이 어려워졌습니다. 급기야는 공장 문을 닫고 다른 사람
의 손에 넘어갔습니다. 살던 아파트를 팔고 지금 사는 산동네로
이사를 왔습니다. 아버지는 크게 실망을 하셨습니다. 그때부터
집안의 분위기는 가라앉았습니다. 아버지는 매일 술을 마시기 시
작했습니다. 할머니와 어머니의 걱정은 이만저만이 아니었습니다.
그날도 늦은 시간까지 친구들과 술을 마시고 집으로 돌아오다
그만 교통사고를 당하셨습니다. 병원에서 연락이 온 후에야 아버
지가 교통사고를 당하셨다는 것을 알았습니다. 아버지는 뺑소니

차에 사고를 당하고 말 한마디 남기지 못한 채 하늘나라로 가셨습니다. 그때 겨우 두 살이었기 때문에 아버지의 얼굴을 모릅니다. 사진 속의 아버지를 보면서 정말 우리 아버지는 이렇게 생기셨을까 생각해 보지만 실감이 나지 않습니다. 아버지가 계시지 않는 집안의 형편은 점점 어려워졌습니다. 작은아버지와 고모님이 조금씩 도와주어 그 돈으로 생활을 하였습니다. 그러다 보니 어려움이 한 두 가지가 아닙니다.

유치원 때 일이었습니다. 친구가 장난감 자동차를 가지고 놀고 있었습니다. 건전지만 넣으면 자동으로 움직이는 예쁘고 깜찍한 자동차였습니다. 친구에게 나도 한 번만 만져 보자고 하였습니다. 친구는 자동차를 못 만지게 하였습니다. 만져 보자고 사정을 하였지만 친구는

"이 자동차는 우리 삼촌이 외국에서 사온 것이야. 너도 갖고 싶으면 사 달라고 해."

"…"

"참! 너희 집은 가난해서 안 되겠다. 그치?"

"왜, 우리 집이 가난하냐? 이딴 것은 열 개도 더 살 수 있어. 알지도 못하면서…"

큰소리를 쳤지만 노마는 그런 자동차를 살 수 없다는 것을 알고 있었습니다. 집으로 돌아온 노마는 가방을 마루에 집어던지고 씩씩거리며 방문을 '꽝' 닫고 안으로 들어가 버렸습니다.

엄마가 노마의 뒤를 따라 방으로 들어오셨습니다.

"노마야, 유치원에서 무슨 일 있었어? 왜 그래?"

노마는 버럭 소리를 질렀습니다.

"나는 우리 집이 싫단 말이야. 장난감 하나도 못 사주는 엄마도
싫어."

엄마는 당황했습니다. 노마는 엉엉 울면서 유치원에서 있었던 일
을 말했습니다. 엄마는 노마의 등을 가볍게 두드려 주면서

"그래. 노마야, 미안하다. 그렇지만 우리 형편으로는 그렇게 비싼
자동차를 살 수 없지 않니?"

　　엄마가 그렇게 말씀하셨지만 노마는 친구의 장남감이 자꾸 눈
앞에서 어른거렸습니다. '너희 집은 가난하다'는 친구의 말이 자
꾸만 떠올랐습니다.

　　다음 날 아침이 되었습니다. 아침을 먹고 나서 엄마가 노마를
불렀습니다. 그리고는 책상 위의 연필통을 가리키셨습니다.

"노마야, 자동차 대신 선물이야."

"?"

노마는 선물이라는 말에 귀가 번쩍 뜨였습니다.

　　연필통에는 바람개비가 꽂인 채 다소곳하게 주인을 기다리고
있었습니다. 색종이를 곱게 접어 볼펜 껍질을 이용해 만든 바람
개비였습니다.

"엄마, 이것 어디서 났어? 돈 주고 산 거야?"

"응, 그거 어젯밤 노마가 잠잘 때 엄마가 만든 것이지. 마음에 드니?"

"이걸 엄마가 만들었다고? 정말?"

"물론이지."

"야, 신난다!"

노마는 바람개비에 대고 입을 내밀어 '후~' 하고 불었습니다. 그러자 바람개비가 빙글빙글 돕니다. 이번에는 더 가까이 입을 대고 '후~ 후~' 하고 바람을 불어대자 아까보다 더 빠르게 돕니다. 엄마가 만들어 준 바람개비를 들고 골목을 빠져나와 산동네 계단을 뛰어내려 단숨에 학교 운동장으로 달려갔습니다. 달리는 동안에도 바람개비는 힘차게 돌았습니다. 운동장 트랙을 따라 바람개비를 입에 물고 달리고 또 달렸습니다. 바람개비가 힘차게 돌았습니다. 친구의 자동차보다 몇 배나 좋다고 생각했습니다. 친구 자동차는 유치원 교실에서나 가지고 놀 수 있어도 그 자동차는 트랙을 돌 수 없기 때문입니다.

작년에 엄마 손을 잡고 입학을 한 며칠 뒤였습니다. 학교에서 돌아와 대문을 열고 집에 들어섰을 때였습니다. 할머니가 마루에 앉아서 울고 계셨습니다. 할머니가 울고 계시는 것을 보면서 '무슨 일이 있구나' 불길한 생각이 들었습니다. 할머니는 치마 끝으로 눈물을 훔치시더니

"이그, 불쌍한 것. 이 일을 어쩌누."

"…"

"세상에~, 세상에! 새끼를 버리고 가다니…"

할머니는 쪽지 한 장을 노마에게 건네 주셨습니다.

"이게 니 에미가 놓고 간 것이다. 한 번 봐라. 이 할미는 까막눈
이잖니?"

쪽지를 받아드는 순간 가슴이 뛰고 손이 떨렸습니다. 쪽지에는
이렇게 씌어 있었습니다.

"노마야! 보아라. 엄마는 돈 벌러 간다. 엄마 생각이 나도 꾹 참
아라. 아무리 슬퍼도 눈물을 보이지 마라. 그게 남자란다. 할머니
말씀 잘 듣고 공부 열심히 해서 훌륭한 사람이 되어야 한다. 자
리가 잡히면 너를 데리러 오마."

-노마를 사랑하는 엄마가-

쪽지를 다 읽은 노마는 어금니를 깨물었습니다. 눈물이 났지만
참았습니다. 나와 할머니를 버리고 집을 나갔다고 생각하니 엄마
가 미웠습니다. 할머니가 물으셨습니다.

"에미가 뭐라고 썼나?"

노마는 대답 대신 쪽지를 발기발기 찢어 땅바닥에 내팽개쳤습
니다. 그리고는 대문을 발로 차고 집을 뛰어나갔습니다. 골목을
빠져나오며 흐르는 눈물을 주먹으로 닦으며 소리쳤습니다.

"엄마 나쁘다. 정말, 엄마 나쁘다"

황사 바람이 삼월 오후의 하늘을 뿌옇게 만들어 놓았습니다. 앞이 보이지 않았습니다.

노마는 엄마가 생각나면 바람개비를 만듭니다. 그리고는 유치원 때처럼 바람개비를 입에 물고 혼자서 골목을 뛰어갑니다. 학교 운동장으로 가서 트랙을 몇 바퀴 돕니다. 그러고 나면 왠지 가슴이 시원해지는 것 같기도 하고 미웠던 엄마가 더 그리워지기도 합니다. 오늘은 더욱더 엄마가 보고 싶습니다. 화단에 핀 꽃도 하늘을 봅니다.

-돌아오는 길-

해가 서산에 지고 있었습니다. 할머니가 식당일을 마치고 돌아올 시간입니다. 노마는 할머니가 돌아오시기 전에 얼른 집에 가야 합니다. 빨랫줄에 널어놓은 빨래를 걷어야 합니다. 연탄불도 갈아야 합니다. 밥통에 전기도 꽂아야 합니다. 운동장 가의 나무를 뒤로하고 서둘러 집으로 향했습니다.

집 앞에 왔을 때입니다. 웬 강아지 한 마리가 대문 앞에서 끙끙거리고 있었습니다. 강아지는 온몸이 흙투성이었습니다. 눈곱도 낀 꾀죄죄한 모습이었습니다. 노마는 강아지에게 손짓을 하며 가라고 했습니다. 그러나 강아지는 자꾸만 대문 안으로 들어오려고 했습니다.

"인마, 가~."

"…"

"가라고. 너희 집으로 가란 말이야!"

"…"

"이놈 봐라, 여기는 너희 집이 아니야. 아니라고!"

아무리 쫓아도 강아지는 꿈쩍도 하지 않는 것이었습니다. '알아서 제집으로 가겠지!' 하며 강아지를 대문 앞에 남겨 둔 채 집안으로 들어왔습니다. 빨래를 걷고 전기밥통 전기를 꽂았습니다. 연탄을 갈아야 할 차례가 되어 부엌문을 열었습니다. 그런데 방금 대문 앞에 있던 강아지가 부엌 구석에 배를 깔고 엎드린 채 노마를 쳐다보고 있는 것이었습니다. 노마는 강아지를 쫓아내려다 꼬리를 살래살래 흔드는 것을 보니 갑자기 불쌍한 생각이 들었습니다.

강아지 앞에 쪼그리고 앉아 강아지의 머리를 쓰다듬어 주었습니다. 강아지는 노마의 손을 자꾸만 핥는 것이었습니다. 배가 홀쭉한 것을 보니 배가 많이 고픈 것 같았습니다. 노마는 방안으로 들어가 책가방 속에 들어있는 우유를 꺼내 왔습니다. 학교에서 매일 무상으로 받아오는 우유입니다. 우유 팩을 열면서 혹시 상하지 않았을까 걱정을 하였습니다. 혀끝으로 우유 맛을 보았습니다. 아직은 괜찮은 것 같았습니다. 우유를 접시에 따라 강아지 앞에 놓아 주었습니다. 우유를 보자마자 강아지는 정신없이 핥기 시작했습니다. 며칠을 굶었나 봅니다. 강아지가 우유를 핥아먹으며 움직일 때마다 목에 단 방울이 '딸랑딸랑!' 울렸습니다. 마치 어미를 부르는 소리 같았습니다. 강아지가 불쌍한 생각이 들었습니다. 연탄불을 갈면서도 자꾸만 시선이 강아지에게 갔습니다.

이때 할머니가 돌아오셨습니다. 부엌으로 들어오신 할머니께서 강아지를 보시더니

"웬 강아지냐?"

"응, 주웠어!"

"줍다니? 어디서?"

"요 앞에서요."

"그래?"

노마는 할머니께 자초지종을 말씀드렸습니다. 듣고 계시던 할머니가

"그래도 그렇지, 남의 강아지를 우리가 기를 수야 없지. 잘못하다가는 도둑으로 몰리면 큰일이다."

"도둑요?"

"그래!"

"강아지가 스스로 들어왔는데요?"

"오늘은 늦었으니 하룻밤 재우고 내일 주인을 찾아주자."

할머니의 말씀을 들으니 맞는 것 같았습니다. 정말이지 도둑으로 몰리는 것은 무섭고 겁나는 일이었습니다.

저녁을 먹고 할머니와 텔레비전 앞에 앉았습니다. 9시 뉴스에서 오늘 어린이날의 소식을 전했습니다. 백화점, 놀이공원, 음식점 할 것 없이 많은 사람들이 북적거렸습니다. 엄마 아빠 손을 잡고 꽃 풍선을 들고 가는 어린이들도 보였습니다. 노마는 채널을 돌려버렸습니다. 그리고는

"할머니, 연속극 볼 시간이다."

할머니가 노마의 얼굴을 쳐다보더니

"아이고, 벌써 연속극 시간이네. 하마터면 못 볼 뻔했지?"

노마는 할머니가 연속극을 보시는 동안 할머니의 어깨를 주물러 드렸습니다. 할머니께서 식당에 나가 일을 하시기 때문에 늘 어깨가 아프다고 하십니다.

"노마야, 오늘 뭐하고 놀았어?"

"…"

"어린이날인데…."

할머니가 말끝을 흐렸습니다. 노마는 온종일 학교 운동장에서 놀았지만 차마 그 말을 할 수가 없었습니다. 할머니께서 고생하시는 시간에 놀았다고 생각하니 할머니께 미안했기 때문입니다. 노마는 할머니의 어깨를 주물러 드리면서도 부엌에 있는 강아지에게 자꾸만 신경이 쓰였습니다. 할머니는 연속극을 보다 말고 무슨 생각을 하시는지 눈을 감고 계십니다.

"할머니, 시원해?"

"그럼. 시원하고말고. 암! 시원하지."

"진짜?"

"그럼! 누가 주무르는데."

할머니의 목소리가 들릴 듯 말듯 작게 들렸습니다. 노마는 더 시원 하라고 힘을 주어 할머니 어깨를 꾹꾹 눌렀습니다. 할머니가 손을 뻗어 노마의 손을 꼭 잡았습니다. 할머니는 울고 계셨습니다.

-강아지와 하룻밤-

강아지에게 아침을 먹이고 대문 밖 골목 입구로 안고 나왔습니다. 어제저녁 할머니와 약속한대로 강아지를 돌려보내기 위해서입니다. 강아지를 땅에 내려놓고

"야, 잘 가. 너하고는 함께 살 수가 없는 거야."

잘 가라고 인사를 했지만 강아지는 자기 집을 찾아갈 생각은 않고 오히려 자꾸만 노마에게 기어오르는 것이었습니다. 학교에 갈 시간은 가까워져 오는데 큰일입니다.

노마가 큰 소리로 말합니다.

"너, 안가면 내가 간다. 떼놓고 도망갈 거야. 학교 늦으면 선생님께 꾸중 듣는단 말이야."

노마가 팔을 들어 쫓는 시늉을 해도 강아지는 막무가냅니다.

할 수 없이 강아지를 안고 집으로 다시 돌아왔습니다. 그리고는 마루 밑에 밀어 넣었습니다.

"그럼, 집이나 잘 지키고 있어. 내가 돌아올 때까지. 알았지?"

문을 뒤로하고 나왔습니다. 그런데 강아지가 노마의 뒤를 따라 나옵니다. 다시 마루 밑으로 밀어 넣었지만 또 다시 기어 나옵니다. 노마는 나일론 끈을 찾아 기둥에 묶어 놓았습니다.

"꼼짝 말고 여기 있어!"

그리고는 학교로 향했습니다. 강아지의 목 방울이 뒤에서 요란스럽게 울렸습니다.

학교에서 돌아오자마자 강아지에게 갔습니다. 얼마나 몸부림을 쳤는지 온몸이 흙투성이였습니다. 몸에 묻은 흙을 털어주고 있는데 할머니가 돌아오셨습니다. 할머니 손에는 장바구니가 들려있었습니다. 장바구니에는 과일과 생선을 비롯하여 기름과 조미료가 들어있었습니다.

"할머니, 오늘 무슨 일 있어요?"

장바구니를 들여다보며 할머니께 물었습니다.

"오늘이 니 애비 제삿날이다."

"…"

한마디를 하시고는 장바구니를 들고 부엌으로 들어가십니다. 노마는 갑자기 어머니가 보고 싶어졌습니다. 아버지 제삿날인데 어머니가 있었더라면 좋을 것이라고 생각했습니다.

할머니는 부엌에서 음식을 장만하십니다. 음식을 가지고 방에 들어오신 할머니가 제상을 차리는 동안 노마는 다소곳이 두 손을 모으고 서 있었습니다. 할머니가 시키는 대로 절을 두 번 했습니다. 할머니는 아버지의 사진을 말없이 바라보십니다. 향불이 타오릅니다.

제사가 끝나자 할머니께서 떡과 과일을 주시면서 먹으라고 하셨습니다. 이상하게도 음식들이 목에 넘어가지를 않습니다. 할머니께서 물을 마시면서 천천히 먹으라고 하십니다. 그리고는 강아지를 우리가 키우자고 하셨습니다.

그 말을 듣는 순간 귀를 의심했습니다. 그것은 강아지를 다시 데리고 왔다고 혼날 줄 알았기 때문입니다. 할머니께서는 다짐을 하셨습니다.

"노마야, 우리가 강아지를 키우기는 키우되 언제든지 주인이 나타나면 바로 돌려줘야 한다. 알았지?"

노마는 꼭 그렇게 하겠다고 할머니와 단단히 약속을 했습니다. 노마는 잠자리에 누워서 강아지의 이름을 생각했습니다. 흰 강아지니까 '백구'라고 할까? 목에 방울을 달고 왔으니 '방울이'라고 할까? 천장을 보며 여러 이름을 생각해 봤지만 마음에 드는 이름이 떠오르지 않았습니다. 할머니께서도 잠이 오지 않는지 자꾸만 몸을 뒤척이십니다.

일요일 아침입니다. 할머니께서 성당에 가시려고 준비를 합니다.

"성당에 갔다 와서 강아지 목욕을 시켜야겠다."

"정말?"

"너무 더러워서 쓰겠냐?"

노마는 뛸 듯이 기뻤습니다. 그렇지 않아도 목욕을 시켜 주면 좋을 것 같았다는 생각을 하고 있었기 때문입니다. 할머니가 대문 밖으로 나가시자 노마는 강아지에게로 갔습니다.

"너, 오늘 호강하게 됐다. 할머니가 목욕시켜 주신대…"

강아지가 알아들었다는 듯이 꼬리를 흔들면서 기어오릅니다. 노마는 강아지와 함께 마당에서 쫓고 쫓는 놀이를 했습니다. 강아지는 힘차게 달렸습니다. 노마는 손뼉을 딱 쳤습니다. 그리고는 '그거다. 이름!' 강아지의 이름을 '달려'라고 부르기로 마음먹었습니다. 그것은 강아지가 잘 달리기 때문입니다. 노마는 자기의 성씨를 따고 잘 달린다는 뜻으로 '김달려'라고 이름을 지었습니다. 그리고 강아지에게

"네 이름은 오늘부터 김달려야. 김달려 알았지?"

강아지는 알았다는 듯이 몸을 한 번 흔듭니다.

"김달려, 한 번 달려 봐!"

강아지에게 소리쳤습니다. 달려가 마당 끝까지 달려갔다가 달려옵니다. 노마가 박수를 쳐 줍니다.

이때 할머니께서 미사를 마치고 돌아오셨습니다.

달려가 할머니에게 달려가더니 멍멍하고 짖어댑니다. 강아지가 짖는 것을 보니 참 귀엽습니다. 할머니가

"이놈 봐라. 사람을 알아보네. 목욕시켜야지."

강아지가 꼬리를 흔듭니다.

  할머니가 따뜻한 물을 세숫대야에 담아 오셨습니다. 달려를 수건으로 감싸 안고 목욕을 시키기 시작하셨습니다. 옆에서 구경을 하고 있던 노마가 할머니에게 강아지 이름을 '김달려'라고 지었다고 말했습니다.

  할머니가 이름이 참 예쁘다고 칭찬해 주셨습니다. 달려는 목욕을 하면서 다소곳합니다.

"달려가 참 순하구나!"

할머니가 수건으로 물기를 닦아 줍니다. 물기를 다 닦아 내려놓자 달려가 몸을 부르르 텁니다. 아직도 덜 마른 물방울들이 튀깁니다. 할머니와 노마가 흠칫 놀라 몸을 뒤로 뺏습니다. 달려의 목방울 울리는 소리가 '짤랑! 짤랑!' 경쾌한 노래처럼 들렸습니다.

  달려를 안고 방안으로 들어갔습니다. 아랫목에 앉혀 놓고 감기가 들지 않도록 담요로 푹 덮어 주었습니다. 식구가 하나 더 늘었다며 할머니께서 웃으십니다. 노마는 마치 동생이 생긴 듯 기뻤습니다. 달려가 건강하게 무럭무럭 자라기를 빌었습니다.

  노마는 아침에 학교에 가면서 달려에게 인사를 합니다.

"달려, 너 말이야. 나 학교에 갔다 올 때까지 절대 밖에 나가지

마라. 알았지?"

당부도 잊지 않았습니다. 노마는 학교에 가서도 달려가 잘 있는지 궁금합니다. 학교가 파하기가 무섭게 집으로 달려옵니다. 달려와 함께 노는 시간이 즐겁습니다. 달려와 함께 있으면 심심하지 않았습니다. 달려가 정말 동생 같다는 생각이 듭니다. 달려가 그렇게 귀여울 수가 없습니다. 달려도 노마의 마음을 아는지 노마를 잘 따랐습니다. 달려는 대단히 영특합니다. 노마가 움직이지 말라고 명령하면 꼼짝하지 않고 기다립니다. 강아지이지만 어른 개들보다도 훨씬 낫습니다. 오늘도 달려에게 '앉아! 일어서!'를 가르쳤습니다. 말을 안 들을 때는 혼도 냈습니다. 혼을 내면 달려가 화가 난다는 듯이 이빨을 보입니다. 손을 들어 때리는 시늉을 하면 마당 한쪽 구석으로 도망가기도 합니다.

-그리기 대회에 나가다-

종례시간이 되었습니다. 가방을 챙기는 친구가 있는가 하면 청소 도구인 빗자루를 챙겨 책상 아래에 두는 친구도 있습니다. 어느 친구는 가방을 메고 의자를 밀어 넣은 채 집에 갈 준비를 하고 있습니다. 노마도 집에 갈 준비를 합니다. 이때 선생님께서 칠판에 - 동물사랑 그림 그리기 대회 출전 우리 반 대표 - 라고 글을 쓰십니다.

그리고는

"여러분, 여기 칠판을 보세요. 이번 주 토요일이 놀토지요?"

"네에~"

친구들이 입을 모아 큰소리로 대답합니다.

"이번 주 토요일에 동물원에서 동물사랑 그림 그리기 대회가 있어요. 지금부터 그림 그리기에 나갈 우리 반 대표를 알려 주겠어요."

선생님의 말씀에 소란스럽던 교실이 갑자기 조용합니다. 친구들은 서로의 얼굴을 보며 누가 우리 반 대표로 그림 그리기 대회에 나갈 것인지 궁금해합니다.

선생님께서는

"이번 토요일의 동물사랑 그림 그리기 대회는 4명만 뽑아서 선생님이 데리고 가겠어요. 여러분이 알고 있는 것처럼 승용차에는 많은 사람이 탈 수 없잖아요? 그래서 선생님이 운전을 하고 4명의 대표와 함께 갈 수밖에 없어요. 선생님 마음 같아서는 여러 친구들과 함께 가고 싶지만 자동차 사정상 어쩔 수 없으니 이해해 주길 바래요. 혹시라도 그림 그리기에 가고 싶은 사람은 엄마나 아빠하고 개인적으로 가도 좋아요."

말씀을 마친 선생님은 칠판에 그림 그리기 대표 이름을 쓰기 시작합니다. 반장인 형근이, 부반장인 유림이, 그리고 어머니가 자모 대표인 근영이, 학교 앞에서 약국을 하는 민지, 이렇게 4명이었습니다. 이름 쓰기를 끝낸 선생님께서 돌아서서 친구들을 바라봅니다. 이때였습니다. 태구가 손을 번쩍 들더니

"선생님, 그림 잘 그리는 노마는 왜, 안 데리고 가요?"

"응, 방금 말했잖아? 선생님 마음은 너희들을 다 데리고 가고 싶지. 하지만 차에 앉을 자리가 없잖아?"

그 말을 듣는 순간 노마는 그림 그리기 대표에 끼지 못한 것이 속상했습니다. 그러나 한편으로는 잘 됐는지도 모른다고 생각했습니다. 그것은 그림 그리기 대회에 나가려면 준비물을 챙겨야 하고 용돈도 준비해야 한다는 것을 알고 있기 때문입니다. 지난번 그림 그리기 대회에 나갔을 때도 친구들이 아이스크림을 사먹고 과자를 사 먹을 때도 노마는 바라보기만 했습니다. 친구들이 나눠주는 것을 얻어먹으면서 마음이 편치 않았습니다. 할머니께 용돈까지 달라고 할 형편이 아니었기 때문입니다. 오늘 태구가 대표로 추천해 준 것만으로 고마웠습니다.

며칠이 지났습니다. 금요일 아침이었습니다. 선생님께서 교무실에 다녀오시더니 반장인 형근이가 갑자기 서울로 전학을 갔다고 말씀하십니다. 형근이는 공부도 잘하고 운동도 잘하고 그림도 잘 그립니다. 형근이는 인기도 많습니다. 그런 형근이가 친구들에게 인사 한마디 없이 전학을 갔다는 말이 도무지 실감이 나지 않았습니다. 전학을 간다는 낌새도 없었기 때문입니다.

어떤 친구는 전학 간다는 말 한마디 않고 가버린 형근이를 '웃기는 애'라고 말하기도 하고 어떤 친구는 '의리가 없다'고 합니다. 쉬는 시간이 되자 형근이와 이웃에 사는 철진이가 친구들을 모아 놓고

"이건 비밀이야!"

친구들이 침을 삼키며 철진이의 입을 바라봅니다.

"형근이네 어젯밤에 도망갔다. 있잖아! 빚을 많이 졌대. 부도가 났다나? 우리 엄마가 그러는데 증권으로 망했대. 약국을 하는 민지네도 돈을 엄청 많이 떼였대. 민지네도 형근이네 때문에 아빠와 엄마가 싸우고 난리 났대!"

친구들은 서로 얼굴만 바라봅니다. 선생님이 교실에 들어오시자 친구들은 아무 일이 없었다는 듯이 잽싸게 자리에 앉아 책을 펴듭니다.

오후 공부가 끝나자 선생님께서

"노마야, 너는 잠시 남아라. 할 말이 있다."

노마는 속으로 뜨끔했습니다. 친구들과 모여서 전학 간 형근이 이야기를 하는 것을 선생님께서 보았기 때문입니다. 선생님께 무슨 말들을 했느냐고 물으시면 뭐라고 말씀드려야 할지 생각이 떠오르지 않습니다. 걱정이 태산 같았습니다.

그리고 속으로 다른 친구들은 다 보내고 나만 남으라고 하는 선생님이 원망스럽기까지 했습니다.

친구들이 돌아가자 선생님께서 노마에게

"노마야. 이리 가까이 와 봐!"

"…"

쭈뼛쭈뼛 선생님께서 앉아 계신 책상 옆으로 다가갔습니다.

"노마야, 선생님을 많이 원망했지? 동물 그림 그리기 대회에 데리고 간다고 하지 않아서?"

"아니요. 괜찮아요"

노마는 형근이 이야기가 아니라서 다행이라고 생각합니다. 선생님께서

"내일 그림 그리기 대회에 너도 가자."

"?"

선생님께서는 형근이의 자리가 비었으니 노마가 함께 가면 좋겠다고 말씀하십니다.

"왜 가겠다고 대답 안 해? 싫어?"

"…"

"화났니? 처음부터 함께 가자고 안 해서?"

"아니요!"

"그럼?"

"저~"

"왜 그래? 기분 나빠?"

"…"

노마가 머뭇거리자

"준비물 때문에 그러지?"

선생님은 알고 있다는 듯이 말씀하셨습니다.

"너는 그림을 잘 그려서 선생님이 처음부터 너를 데리고 가고 싶었지. 그런데 말이야 아무래도 준비물 때문에 힘들 것 같아서 그랬던 거야. 노마야, 너무 서운하게 생각하지 마라. 마침 형근이 자리가 비었으니 함께 가도록 하자."

"…"

"그리고 준비물 걱정은 하지 마라. 낮에 네 것은 다 준비했다. 할머니께 말씀드리고 내일 아침에 학교에 와라. 그럼 선생님 차로 함께 가자."

노마는 그림 그리기 대회에 같이 가겠다고 선생님과 약속을 하고 집으로 돌아왔습니다. 집으로 돌아오면서 형근이가 참으로 안 됐다는 생각을 했습니다. 그리고 그림 그리기 대회에 함께 못 가는 다른 친구들에게도 미안했습니다.

선생님의 차를 타고 간 동물원은 벌써 많은 친구들이 와 있었습니다. 어떤 친구들은 호랑이가 있는 우리 앞에 자리를 잡기도 하고, 어떤 친구들은 원숭이에게 바나나를 던져주기도 합니다. 선생님께서 주최 측에 가서서 그림을 그릴 도화지를 타오셨습니다. 도화지를 나누어 주시면서

"우리 반 친구들은 자유롭게 자리를 잡고 그리도록 해라. 9시부

터 12시까지니까 3시간이면 시간은 충분할 것이다. 그림은 학교에서 이야기한 것처럼 먼저 뭘 그릴 것인가를 생각하고, 그다음에 어떻게 그릴 것인가를 생각해서 도화지에 꽉 차게 그려야 한다. 그리고 색칠은 꼼꼼하고 성의껏 해야 해. 알았지?"

노마는 먼저 동물원을 보고 싶었습니다. 친구들 틈에서 빠져나와 동물원 이곳저곳을 구경했습니다. 목이 긴 기린을 보고는 기린을 그릴까 생각했습니다. 사자 우리 앞에 섰을 때는 텔레비전 동물왕국에서 본 용맹스런 사자를 그리고 싶었습니다. 토끼들이 모여 사는 우리 앞에서는 눈처럼 하얗고 눈이 빨간 토끼들을 그릴까하고 생각했습니다. 토끼 우리를 지나니 대한민국 진돗개라는 푯말이 보였습니다. 태어난 지 얼마 안 되는지 강아지 7마리가 어미 개의 품에서 꼼지락거리고 있었습니다. 겨우 눈을 뜬 강아지들입니다. 어떤 강아지는 어미 개의 젖을 빨고, 어떤 강아지는 엉금엉금 기어 다닙니다. 강아지를 바라보니 갑자기 집에 있는 달려가 생각났습니다. 집에서 지금쯤 나를 기다리고 있을 것이라고 생각하니 강아지들이 더 예쁘게 보였습니다.

노마는 어미 개와 강아지들을 그리기 시작했습니다. 그리고 어미 개와 강아지를 바라보는 아버지와 그 옆에서 웃고 있는 어머니를 그렸습니다. 아버지와 어머니 사이에서 박수를 치며 좋아하는 노마 자신을 그려 넣었습니다.

그리고는 열심히 색칠을 하였습니다. 그림을 다 그려놓고 보니 마치 아버지가 살아 계신 듯이 보였습니다. 어머니가 웃고 있는 모습 옆에서 강아지를 손가락으로 가리키는 노마 자신을 보니 마치 가족사진 같았습니다.

완성된 그림을 가지고 선생님을 찾아갔습니다. 선생님은 화가 나 있었습니다.

"노마 너, 어디 있었어? 얼마나 찾았는지 알아?"

"…"

"어디, 그림이나 좀 보자."

선생님께서 노마의 그림을 보시더니

"음…."

하시며 노마의 얼굴을 다시 한 번 쳐다보십니다. 그리고는 그림을 조심스럽게 치워놓습니다.

"자, 점심 먹자."

언제 준비해 오셨는지 선생님께서 김밥과 어묵 국물을 내놓으셨습니다. 야외에 나와서 먹는 밥맛은 꿀맛이었습니다. 한 개라도 더 먹으려고 친구들과 다투는 것을 보시던 선생님께서

"천천히들 먹어라. 체할라!"

그때서야 민지가

"선생님도 잡수세요! 우리들만 먹었네요. 돼지들만 모였잖아요? 호호호!"

"그래 너희들은 사랑스런 꽃돼지들이다."

"꽃돼지?"

"맞다. 우리는 꽃돼지야! 밥 잘 먹고 똥 잘 싸는 꽃돼지."

근영이의 말에 모두 웃었습니다. 민지의 입에서 김밥이 튀어나옵니다. 근영이가 한마디 합니다.

"아유! 더러워 이 꽃돼지."

민지가 눈을 흘깁니다.

　그로부터 한 달이 지났습니다. 선생님께서

"오늘은 기쁜 소식을 전하겠다. 지난번 동물원 동물 그리기 대회 결과가 나왔는데 우리 반 노마가 대상을 받게 되었다."

아이들이 '와~' 하고 소리쳤습니다. 마치 자기들이 상을 타는 것처럼 기뻐합니다. 이어서 말씀하셨습니다.

"노마의 대상 외에도 금상에 민지, 장려상에 유림이 근영이 함께 상을 받게 됐다. 우리 반의 성적이 대단히 좋다. 선생님 기분이 좋다."

친구들이 또 한 번 감탄합니다. 어떤 친구는 책상을 치면서 기뻐하기도 합니다. 선생님께서 근영이에게 말했습니다.

"근영아, 상을 못 받았다고 억울해하지 마라. 너도 그림을 잘 그렸어. 다음에 기회가 올 거야. 희망을 가져!"

"괜찮아요."

근영이의 얼굴에는 서운한 기색이 역력합니다.

며칠 후, 시상식에 참석하고 돌아오는 길이었습니다. 차 안에서 선생님께서

"노마야, 다시 한 번 축하한다. 선생님은 동물원에서 네 그림을 보고 틀림없이 상을 받으리라고 생각했다. 그런데 말이야. 사자나 호랑이를 그리지 않고 왜 하필 강아지였니?"

"네, 저는 강아지가 좋아요."

"그래?"

선생님께서는 더 이상 묻지 않았습니다. 차 안에 있던 친구들이 자기가 좋아하는 동물에 대해서 앞다투어 말합니다. 노마는 집에 있는 달려의 이야기를 하려다가 그만뒀습니다.

집에 돌아오자마자 대문 앞에서 달려를 부릅니다.

"달려야? 어디 있니?"

달려가 기다렸다는 듯이 뛰어나와 노마에게 꼬리를 치며 안깁니다. 노마는 달려의 머리를 쓰다듬어 주며

"달려야, 네 덕분에 오늘 상 탔다. 그것도 대상으로 말이야"

달려가 마치 알아듣기라도 한다는 듯이 노마의 손등 여기저기를 핥습니다. 노마는 머리 위로 달려를 번쩍 들어 올렸다 내려놓습니다. 달려가 노마의 주위를 빙빙 돌며 좋아합니다.

-주인에게 돌아간 달려-

116

달려와 장난을 치며 놀고 있었습니다. 대문 밖에서 인기척이 났습니다. 아직은 할머니께서 돌아올 시간이 아닙니다. 이상하다고 생각한 노마가 대문을 열고 밖으로 나갔습니다. 뚱뚱한 아줌마가 대문 안으로 들어섭니다. 아주 비싼 옷을 입었습니다. 귀걸이도 손목에 찬 팔찌도 값진 것들이라는 것을 한눈에 알 수가 있었습니다. 귀부인 같았습니다. 노마와는 상대도 안 하겠다는 듯이 안쪽에 대고는

"누구 안 계세요?"

"…"

"아무도 없나?"

"…"

"꼬마야, 어른들은 아무도 안 계시냐?"

"저 혼잔데요. 누구세요?"

이때 달려가 방안에서 쪼르르 나왔습니다.

"삐삐야. 여기 있었네. 내가 찾아오기는 제대로 찾아왔구나!"

달려를 번쩍 들어 품에 안았습니다. 그리고는

"꼬마야. 남의 개를 주웠으면 신고를 해야지. 파출소에…"

다짜고짜 시비조로 말을 합니다. 달려가 뚱보 아줌마의 볼을 핥으며 좋아서 어쩔 줄을 모릅니다.

"삐삐야, 엄마가 널 얼마나 찾았다고? 그래 이런 집에서 고생 많았지? 아이고, 내 새끼!"

달려의 얼굴에 뚱보 아줌마가 얼굴을 비벼댑니다.

그 모습을 보는 순간 노마는 눈물이 '핑~' 돌았습니다. 주인이 찾아와서도 아닙니다. 달려를 빼앗길 것이 두려워서도 아닙니다. 얼마나 사랑했는데 옛 주인이 찾아왔다고 그렇게 태도가 싹 달라진 달려에게 배신당한 느낌이 들었기 때문입니다.

"이게 얼마짜리 강아지인 줄 아니? 수백만 원이야!"

"…"

"골목골목에 전단지를 붙이고 그 난리를 쳤는데 전단지도 못 봤냐? 너는?"

노마는 할 말이 없었습니다. 할머니와 약속한 말이 생각났기 때문입니다. 달려를 주인에게 돌려주는 것은 당연합니다. 달려를 주인에게 돌려보내야 한다고 생각했지만 마음이 아팠습니다. 뚱보 아줌마가 가방을 열더니 돈을 꺼내는 것이었습니다. 세어보지도 않고 손에 잡히는 대로 노마에게 내밀었습니다.

"꼬마야, 이거나 받아라!"

빳빳한 만 원짜리 돈이었습니다.

"…"

많은 돈을 내밀면서 바쁘다며 빨리 받으라고 재촉을 합니다. 노마는 돈을 받고 싶은 생각이 없습니다. 노마에게는 떠나보내야 하는 달려가 더 마음에 걸렸습니다.

뚱보 아줌마가 한마디 합니다.

"이 녀석 봐라. 돈이 싫은가 봐."

"…"

"이 돈이면 강아지를 몇 마리나 살 수 있어. 새 강아지 사서 키워. 그럼 되잖아?"

"아줌마, 나는 그런 돈은 받을 수 없어요. 돈 받으려고 달려를 돌봐 준 것이 아니거든요. 갈 곳이 없어 돌봐 준 것뿐이에요."

뚱보 아줌마는 그래도 성의를 봐서 받으라고 합니다. 노마는 받을 수 없다고 거절했습니다.

그때 할머니께서 들어오셨습니다. 할머니는 달려의 주인이라는 것을 눈치채셨는지 뚱보 아줌마에게 인사를 합니다. 달려가 우리 집에 오게 된 이야기며 달려가 참으로 영특하다는 이야기를 하십니다. 뚱보 아줌마는 할머니께 돈을 건네면서 삐삐를 돌봐주신 사례비라며 말합니다. 할머니는 허리를 굽실거리며 이렇게 많은 돈을 주셔서 감사하다는 말을 몇 번씩이나 합니다. 뚱보 아줌마는 달려를 품에 안더니 뒤도 돌아보지 않고 대문 쪽으로 향합니다. 뒤쪽으로 얼굴을 향한 달려가 분위기를 알아차렸는지 노마를 향해 꿍꿍댑니다. 노마가 손을 들어 작별인사를 하자 달려가 캥캥 소리칩니다. 달려를 품에 안은 뚱보 아줌마는 대문 밖으로 사라졌습니다. 노마는 하마터면 엉엉 울 뻔했습니다. 애써 참았습니다. 아무리 슬픈 일이 있어도 울지 말라던 엄마의 말이 떠올랐기 때문입니다. 노마는 할머니가 있는 부엌으로 들어갔습니다. 할머니는 저녁상을 차리고 있었습니다. 달려가 처음 왔을 때 부엌 구석에서 흙투성이가 된 채 오들오들 떨던 모습이 눈에 선합니다. 자꾸만 달려 생각이 나서 방으로 들어와 버렸습니다. 방안에 들어서니 또 달려가 꼬리를 치면서 노마에게 기어오르는 것 같았습니다. 노마는 고개를 흔들었습니다. 할머니께서 저녁상을 가지고 들어오셨습니다. 저녁을 다 먹는 동안 노마도 할머니도 아무 말을 하지 않았습니다.

-새로운 친구-

학교가 끝나 집에 가야 했지만 집에 가고 싶지 않습니다. 노마는 운동장 가 아름드리 아래 의자에 앉았습니다. 담장 밖 아카시아 향기가 코를 찌릅니다. 함박눈을 뒤집어쓴 것처럼 아카시아 꽃이 소담스럽습니다. 운동장 가로 날아와 떨어진 아카시아 꽃잎들이 눈처럼 쌓여 있습니다. 노마는 아카시아 꽃잎 하나를 입에 넣고 잘근잘근 씹었습니다. 비릿한 냄새가 나면서도 단맛이었습니다. 꽃잎 몇 개를 더 씹었습니다. 그것도 시시하다는 생각이 들었습니다.

6월의 날씨는 한여름이었습니다. 의자에 앉은 노마는 졸음이 왔습니다. 눈꺼풀이 무거워지더니 꿈인 듯 생시인 듯 어딘가로 향해서 걸어가고 있었습니다. 그것은 엄마와 만나기로 약속한 곳을 찾아가는 것입니다. 큰길에는 많은 차가 오가고 햇볕은 따갑습니다. 다리가 아프고 땀을 뻘뻘 흘리며 목이 탔습니다. 노마는 엄마를 만난다는 생각에 참았습니다. 엄마가 기다리는 곳은 백화점 장난감 코너였습니다. 엄마는 장난감 가게에서 장난감을 팔고 있었습니다. 노마가 엄마를 발견하고는 큰소리로 엄마를 불렀습니다.

"엄마~ 노마 왔어!"

"그래. 노마야, 여기야."

엄마가 손을 들어 대답합니다. 엄마의 가게에는 장난감들이 즐비했습니다. 각종 인형들은 물론 노마가 그렇게 가지고 싶어 했던 자동차가 있었습니다. 그뿐이 아닙니다. 기차, 로켓 등 없는 게 없었습니다.

"엄마, 여기가 엄마 가게야?"

"물론이지. 여기에 있는 장난감들은 다 네 것이야!"

"정말?"

노마는 빨간 불자동차를 얼른 집어 들었습니다. 스위치를 켜자 불자동차는 '이오! 이오!' 소리도 경쾌합니다. 불자동차 네 바퀴가 허공에서 힘차게 돕니다. 바닥에 놓자마자 빨간 불자동차는 원을 그리며 빙빙 돕니다. 자동차가 진열대 밑으로 들어갔습니다.

완 구

진열대 밑으로 들어간 불자동차는 여전히 '이오! 이오!' 사이렌을 울립니다.

그때였습니다. 안내 방송이 스피커에서 흘러나왔습니다.

"고객 여러분, 지금 백화점에 화재가 났습니다. 당황하지 마시고 안내원이나 판매원의 지시에 따라 대피해 주시기 바랍니다!"

엄마가 다급한 목소리로 말합니다.

"노마야, 불났대!"

"무슨 불?"

엄마가 얼른 백화점을 빠져나가야 한다며 노마의 손을 잡더니 빨리 뛰자는 것이었습니다. 노마는 진열대 밑의 불자동차를 놓고 간다는 것이 너무 아까웠습니다.

"엄마, 불자동차!"

"지금 그게 문제가 아니야. 저기 봐 저기를 보라고"

엄마가 가르치는 입구 쪽에 불길이 솟아오릅니다. 시커먼 연기와 시뻘건 불이 백화점 안으로 달려들고 사람들은 소리를 지릅니다. 우왕좌왕합니다. 몇 사람은 밖으로 뛰어나갑니다. 엄마의 손에 이끌려 출입구 쪽으로 달려가는데 갑자기 불길이 엄마와 노마를 덮칩니다.

"노마야, 엄마 손을 꽉 잡아. 놓치면 안 돼!"

"엄마, 무서워!"

노마는 불속에 빠졌습니다. '으악!' 소리를 질렀습니다.

꿈이었습니다. 의자 등받이에 기댄 채 그만 잠이 들어 꿈을 꾼 것입니다. 노마는 꿈속에서 본 엄마의 얼굴이 눈에 선합니다. 저녁 해가 플라타너스 그림자를 운동장에 길게 눕힙니다. 노마는 마음이 급해졌습니다. 할머니가 돌아오실 시간이 되었기 때문입니다. 서둘러 집을 향했습니다. 저녁놀이 붉게 타고 있습니다. 방금 꿈속에서 보았던 불길처럼 빨간 저녁놀이었습니다.

대문을 밀고 집으로 들어서자마자 노마는 깜짝 놀랐습니다. 달려가 집에 돌아온 것입니다. 너무 반가운 나머지

"달려왔구나. 달려야. 보고 싶었어!"

그런데 달려는 반갑지 않다는 듯 멀뚱멀뚱 바라봅니다. 노마는 그렇게 쳐다보는 달려가 서운했습니다. 인사를 해도 받아주지 않는 달려였기 때문입니다. 이때 할머니께서 부엌에서 나왔습니다.

"마음에 드냐?"

"?"

"강아지가 마음에 드느냐고 묻잖니?"

노마는 할머니 말씀을 이해하지 못했습니다.

"노마야, 달려를 보내고 속상했지?"

"…"

달려의 이야기가 나오자 노마는 눈물이 핑 돌았습니다. 할머니는 묻지는 않았지만, 달려를 보낸 노마의 마음을 알고 계셨습니다. 할머니는 노마의 마음을 달래주고 싶었습니다. 할머니가 일

하는 식당에는 개와 강아지들을 키우고 있었습니다. 달려를 떠나보내고 기운이 없는 노마를 위해서 식당 주인에게 달려와 비슷한 강아지를 팔라고 사정을 했던 것입니다. 할머니의 이야기를 들은 식당 주인은 흔쾌히 강아지를 주었습니다.

할머니께서는 강아지 값을 받으라며 돈을 주었지만 주인은 끝내 받지 않았습니다. 이야기를 다 듣고 난 노마는 이 강아지가 달려가 아니라는 것을 알았습니다. 그러나, 노마는 새로운 강아지가 생겼어도 달려를 잊을 수가 없을 것 같았습니다.

강아지에게 다가가서 조용히 말했습니다.

"미안해, 정말로… 난 그런 줄도 모르고 인사를 안 받아준다고 서운했어!"

강아지는 노마를 빤히 쳐다봅니다.

"네 이름은 달려야. 알았지?"

노마는 새 강아지 이름을 달려 이름 그대로 불러 주기로 했습니다. 그것이 달려를 계속해서 사랑하는 것이고, 새로 온 강아지를 환영하는 것이라고 생각했기 때문입니다. 새 강아지 달려가 목방울을 딸랑딸랑 울리면서 노마의 손등을 핥았습니다. 떠나간 달려와 너무나 닮았습니다. 마당 건너 대문 위에 매달아 놓은 바람개비가 저녁 바람에 빙글빙글 돕니다. 바람개비는 혼자서 돌지만, 달려가 있고 할머니가 계시니 노마는 결코 외롭지 않습니다.

혼자 도는 바람개비

어른들을 위한 효孝 교육서

· 본 교육서는 효孝에 관심 있는 어른들에게 제공합니다.

「소목차」

1. '효孝'란 무엇인가?

사전적 의미로는 부모를 마음 편히 잘 모시는 일이다. 효의 의미를 부모에게만 국한시키지 않고 스승에게 보은을 하면 스승에 대한 효이고, 사회에 보은을 하면 사회에 대한 효다.

보은의 도를 행하는 것은 모두 효에 속한다. 다만 보은 가운데 '부모 보은父母恩'이 제일이다. 부모의 은혜를 모르는 사람이 다른 은혜를 먼저 알기는 어렵다는 뜻이다. 효의 실행은 부모은으로 시작하여 모든 은혜를 발견하는 데에 있다. 그렇기 때문에 부모님한테 보은을 잘하는 사람은 다른 사람한테도 잘할 수 있다는 것이다.

부모에게 효도하고 형제간에 우애하는 사람은 악한 사람이 없다. 그러나 부모에게 불효하고 형제간에 불목하는 사람은 선한 사람이 적기 때문에 유가에서 '효孝는 백행百行의 근본'이라고 한다.

참다운 효는 부모님께 근심과 걱정을 끼쳐드리지 않는 것이다. 예를 들면 '건강을 잃는다거나, 때가 되었음에도 결혼을 안 한다거나, 취업을 못했다거나, 사업을 하다가 망했다거나' 등의 일로 부모님이 걱정하지 않게 하며 사는 것이 잘사는 것이다. 특히 돌아가신 뒤에 잘해드리는 것 보다 살아계실 때 잘 해드려야 진정한 효도다.

그런가 하면 부모님께서 원하는 것을 알아서 해드리는 것이다. 드시고 싶은 것이 있다면 만들어 드리거나 사 드리고 마음을 편안하게 하면서 기쁨을 갖게 하는 것이다. 그 외에도 세상에 많은 유익을 끼쳐서 부모의 이름까지 빛나게 해주면 금상첨화다. 참다운 효자는 부모의 깊은 속을 헤아릴 줄 안다. 부모님이 원하는 것을 해드림으로써 부모님의 마음을 편하게 하면 그것이 바로 효다운 효다.

2. 왜 효孝교육은 필요한가?

사람에 따라 견해가 다르겠지만 요즘 같은 세상에서는 긍지와 보람을 가지고 일을 함으로써 존경받으면서 살 때 그것이 부모님께 효도하는 것이다. 그뿐만 아니라 집안의 숙업이나 난제를 해결하거나 나를 이 세상에 불러 준 부모님께 감사함을 알 때 효孝를 한 것이다. 요즘 같은 시대에 절실한 효孝 교육의 중심은 가정이지만 가정만으로는 역부족이다. 가정과 학교와 사회가 혼연일체가 되어 효孝교육을 해야 효과적임은 자명하다. '교教(가르칠 교)'자에도 '효孝(효도 효)' 자가 들어 있다. 즉 최고의 효孝는 잘 가르쳐야 한다는 뜻이 내포된 것이다.

3. 고전에서의 '효孝'

효경孝經에서 공자는 '신체발부 수지부모 불감훼상 효지시야身體髮膚 受之父母 不敢毀傷 孝之始也, 입신행도 양명어후세 이현부모 효지종야立身 行道 揚名於後世 以顯父母 孝之終也'라고 했다. 이 말은 '머리털과 살갗은 부모님에게서 이를 받았으니 감히 훼손하거나 상하게 하지 않는 것이 효도의 시작이요, 몸을 세워 도를 행하여 후세에 이름을 드날려 부모님을 드러내 드리는 것이 효도의 끝'이라는 의미다.

또한 '효孝는 백행지본百行之本'이라 했다. '백행지본'이란 백 가지 착한 행실의 첫 번째는 효孝라는 것이다. 그뿐만 아니라 '불서지죄삼천 기중제일즉 불효불고지죄不恕之罪三千 其中第一則 不孝不顧之罪' 즉 세상에는 용서받지 못할 죄가 삼천 가지가 있는데 그중 제일은 부모를 돌보지 않은 '불효불고지죄不孝不顧之罪'라는 것이다.

맹자는 '이루장구離婁章句' 하편에서 불효죄를 '세속소위불효자오世俗所謂不孝者五'라고 했다. 이 말은 '세상에는 5가지 불효不孝가 있다는 것으로

- 일불효야一不孝也 / '타기사지惰其四肢' : 손발이 게을러서 부모를 돌보지 않는 것
- 이불효야二不孝也 / '박혁호음주博奕好飮酒' : 노름과 술에 빠져 부모를 돌보지 않는 것
- 삼불효야三不孝也 / '호재화사처자好財貨私妻子' : 돈만 벌고 아내만 챙기느라 부모를 돌보지 않는 것
- 사불효야四不孝也 / '종이목지욕 이위부모륙從耳目之欲 以爲父母戮' : 귀와 눈의 욕심만을 채우느라 부모를 돌보지 않는 것
- 오불효야五不孝也 / '호용투흔 이위부모好勇鬪很 以危父母' : 용맹한 것을 좋아하여 싸우고 성질을 내어 부모를 근심하게 하는 것으로 줄여서 '불효자오不孝子五'라 한다.

'효孝'자를 파자하면 '土 흙 토', '丿 삐칠 별', '子 아들 자'로 구성된다. 여기서 '丿 삐칠 별'은 휘어진 괭이자루를 의미한다. 즉, 효는 아들이 괭이자루가 휘어질 때까지 땅을 파서 부모를 봉양한다는 말이다. 훗날 맹자에 이르러 의식주만 해결하는 괭이자루 효도에서 마음과 뜻까지 헤아리는 '양지양능지효養志養能之孝'로 정립된다. 효孝란 늙은 부모(老)를 지팡(匕) 대신 자식(子)이 지탱해준다는 의미다. 쉽게 말하면 '효孝'는 부모님의 마음을 편하게 해드리고, 몸을 잘 보살펴 드리는 것

이다. 효孝를 강조할 때면 뒤따르는 말이 있다. 바로 '부모님의 은혜'다. 부모님에게 은혜를 갚으려면 자식은 효도를 해야 한다는 것이다.

또한 효孝는 노老에서 지팡이(匕)가 없어진 대신 아들(子)이 있는 형상이다. 지팡이를 짚고 힘겹게 걷고 있는 늙은이(부모)를 아들이 대신 부축하여 걷고 있는 모습이다. 따라서 효孝는 아들이 부모를 잘 모시는 것을 뜻한다.

한자漢字 효孝와 '노老 (늙을 로)', '고考(상고할 고)'의 모양이 서로 비슷하다. 한자漢字 조상인 갑골문자甲骨文字를 보면 '노老'는 꼬부랑 할아버지가 백발을 늘어뜨린 채 지팡이를 짚고 가는 모양이다. 초췌한 모습에 애처로움마저 느끼게 한다. '노老'의 뜻은 '늙은이' 또는 '늙다'가 되겠다.

'고考'는 노老와 쌍둥이라 할 수 있다. 즉 늙은이가 지팡이만 좀 다른 것을 짚고 있을 뿐이다. 따라서 '고考' 역시 '늙은이'라는 뜻을 가지고 있다. 늙으면 누구나 죽는다. 그래서 '고考'는 '죽다'는 뜻도 가지고 있다. 돌아가시면 아버지의 축문祝文과 지방紙榜에는 현고顯考(현顯은 '높다. 밝다. 나타내다'. '고考'는 '돌아가신 아버지')라고 쓰며 선고先考, 선친先親, 선부先父, 선부군先父君, 선군先君이라고 한다. 어머니의 축문과 지방에는 현비顯妣라고 쓰며 선자先慈, 선자친先慈親, 선비先妣라고 한다.

'부지하처소종래不知何處所從來'라는 말처럼 요즘 사람들은 자기 몸뚱이가 어디로부터 왔는지 모른 채 살아간다. 부모 재산을 다 뺏고 밖으로 내던지는 사람도 있다. 사람으로서 할 일이 아니다. 짐승보다 못한 그런 사람은 천벌을 받는다. 그건 짐승보다도 못됐다.

4. 한자 '효孝'의 전설

산에서 나무를 해 시장에 팔아서 늙은 어머니를 모시고 사는 아들이 있었다. 오늘도 나무를 하러 산에 간 아들이 해가 지도록 돌아오지 않자 어머니는 애가 탔다. 걱정스러운 마음을 안고 동네 입구에 있는 나무 위에 올라서서 아들을 기다렸다. 집으로 돌아오는 아들의 모습을 조금이나마 빨리 보고 싶어서였다. 이를 한자로 해석하면 '친親'자다. 즉 자식을 걱정하는 마음으로 나무(木) 위에 올라서서(立) 자식이 오는 쪽을 바라보는(見) 어머니의 모습을 본떠서 만들어진 한자가 바로 '어버이 친(親)'이다.

나무를 팔아 어머니가 좋아하시는 조기 한 두릅을 사 오던 아들은 추운 날씨에 밖에 나와 자신을 기다리는 어머니께 너무나 죄송했다. 아들은 넓은 등을 내밀며

'어머니! 제 등에 업히세요.'

어머니는 마지못해 아들의 등에 업혀 집으로 돌아온다. 이 모습이 한자로 '효도 효孝'자다. 즉 아들(子)이 늙은(老) 어머니를 등에 업는다는 뜻이다.

1) 전통적 의미의 효孝

전통적 효孝는 유교와 불교에서 전래되었다. 정립된 효 사상은 사람이 사람답게 살아갈 수 있는 인간 도리로 위로는 조상을 숭배하고 상하좌우에 애愛와 의義로 예禮를 다하여 지혜롭게 살아감을 강조한다. 전통적 효를 구체적으로 살펴보면 첫째 신체보존身體保存, 둘째 시봉侍

奉, 셋째 공경恭敬, 넷째 양지養志, 다섯째 순종順從, 여섯째 간언諫言, 일곱째 입신양명立身揚名이다.

· 신체보존身體保存 : 효경孝經에서 공자의 말처럼 '신체발부 수지부모 불감훼상 효지시야身體髮膚 受之父母 不敢毀傷 孝之始也'라 하여 몸은 부모로부터 받았으므로 훼상시키지 않는 것이 효의 시작이라고 했다.
곡례曲禮에는 '부모재 불허우이사父母在 不許友以死' 부모가 살아 계시면 벗에게 죽기를 맹세하지 말라고 했으며 논어論語에는 '부모유기질지우父母唯其疾之憂' 부모는 자식이 병이 있을까 걱정한다고 했다. 따라서 신체를 잘 보존하여 자기 몸을 안전하게 지켜서 부모의 걱정을 덜어주는 것이 효孝다.

· 시봉侍奉 : 명심보감明心寶鑑에 '부모재 불원유 유필유방父母在不遠遊 遊必有方' 이 말은 부모가 살아 계시면 멀리가지 말아야 하고, 멀리 떨어져 있을 때에는 반드시 위치를 알려야 하고 돌아와서는 결과를 말씀드려야 한다(反必面)고 했다. 효孝는 부모를 가까이에서 편안히 모시는 것이라 했다.

· 공경恭敬 : 논어論語에 공자는 '금지효자 시위능양 지어견마 불경하이별今之孝者 是謂能養 至於犬馬 不敬何以別'이라고 했다. 개나 말도 능히 기름이 있으니 사람이 공경하지 않으면 어찌 짐승과 구별이 있겠는가? 라는 뜻이다.
또한 효경孝經에는 '인지행 막대어효 효막대어엄부 엄부막대어배천人之行 莫大於孝 孝莫大於嚴父 嚴父莫大於配天' 이 말은 사람의 행위 가운데 효보다 큰 것은 없고 아버지를 공경하는 것은 그의 하느님 옆에 모시는 것보다 큰 것이 없다는 말이다. 따라서 효孝는 물질적 봉양뿐만 아니라 공경하는 마음으로 부모를 봉양하는 것이다.

· 양지養志 : 논어論語에 있는 말로 '삼년무 개어부지도 가위효야三年無 改於父之道 可謂孝也' 이는 아버지가 돌아가신 후 3년 동안 아버지가 행하던 도를 고치지 않는 것을 효孝라는 것이다. 또한 '부재관기지 부몰관기행 삼년무개부지도 가위효야父在觀其志 父沒觀其行 三年無改父之道 可謂孝也'라며 아버지가 살아 계시는 동안은 아버지의 뜻을 따라야 하며, 아버지 돌아가신 뒤에는 아버지가 행한 바를 살펴볼 것이며, 3년 동안 아버지 행한 도를 고치지 말아야 한다는 것이다. 그러기 때문에 효孝는 부모가 생전에 의도한 바나 유지를 잘 이어가는 것이라고 했다.

· 순종順從 : 소학小學에서 '약이부모지명위비 이직행 기지수소집개시 유위불순지자황미필시호若以父母之命爲非 而直行己志雖所執皆是 猶爲不順之子況未必是乎'라 하여 부모의 명령이 그르다고 해서 바로 자기 뜻대로 실행하면 비록 자신이 행한 일이 옳다고 하더라도 오히려 순종하지 않는 자식이 된다고 했다. 또한 효경孝經에는 '친유과칙간 삼간이불청 칙호읍이수시親有過則諫 三諫而不聽則號泣而隨之' 부모의 잘못을 간할 때 진심으로 세 번을 간하되 그래도 듣지 않으면 눈물을 흘리며 부모의 뜻에 따라야 한다는 것이다. 즉 효孝는 부모에게 순종하는 것이라고 했다.

· 간언諫言 : 예기禮記에서 '부모유과간이불역父母有過諫而不逆'라 하여 부모에게 잘못이 있으면 간하되 거슬러서는 안 된다. 또한 효경孝經에는 '부유정자칙신불함어불의父有淨子則身不陷於不義' 자식으로서 부모에게 간언하는 것을 결코 쉬운 일이 아니다. 그러나 부모가 옳지 못한 일을 하고 있을 때 그냥 있는 것은 더욱 불효가 아닐 수 없다. 부모에게 간언하는 자식이 있으면 결코 불의에 빠지지 않는다는 것이다.

따라서 효孝는 부모가 불의·불합리한 일을 할 때 정중하고 조심스럽게 충고하는 것이라 했다.

· 입신양명立身揚名 : '신체발부 수지부모 불감훼상 효지시야 입신행도 양명어후세 이현부모 효지종야身體髮膚 受之父母 不敢毀傷 孝之始也 立身行道 揚名於後世 以顯父母 孝之終也'로 부모로부터 물려받은 신체를 손상하지 않는 것이 효孝의 시작이며 출세하여 명성을 후세에까지 떨쳐 부모를 빛내는 것이 효孝의 마지막이라는 것이다. 즉 효孝는 자기와 부모의 명예를 빛내는 것이라고 했다.

5. '효孝' 이야기 모음

1) 효자孝子 이야기

□ 전주全州 효자孝子 장개남張凱男

장개남의 어머니가 병환으로 고생할 때 하늘에 빌어 효험을 얻은 것이 한두 번이 아니었다. 뒤에 또 병환이 극심해져서, 몸을 깨끗이 씻고 하늘에 비니 기러기가 마당 가운데 떨어졌으므로, 이것을 구워 드리자 즉시 병이 나았다. 이에 마을 사람들은 그의 효심에 하늘이 감응하여 일어난 일이라고 생각하였다. 정묘년丁卯年인 1627년 조선 인조 5년 장개남이 효자 정려旌閭를 받아 현) 전주국립박물관 근처에 효자 '정려문旌閭門'이 세워진 것에서 비롯되었다.

□ 익산益山 효자孝子 효부孝婦

① 이보할지李甫割指

　전라북도 익산시 용동면 화실리 고창마을 안내판 '효자 이보할지李甫割指(이보가 손가락을 베다)'에는 이보의 효행을 다음과 같이 알리고 있다.

　'동국신속삼강행실도東國新續三綱行實圖'에 따르면 효자 이보李甫는 지금의 전라북도 익산시 용동면인 용안현 사람으로 아버지 태방이 고약한 병에 걸려 백방으로 치료를 해도 효험이 없자 걱정이 태산 같았다. 어느 날 밤 꿈에 구름을 탄 스님이 나타나 사람의 뼈를 먹으면 나을 수 있다고 말했다. 깜짝 놀라 깬 이보가 이를 하늘의 계시로 여겨 자신의 손가락을 베어 약을 만들어 드렸더니 아버지의 병이 즉시 나았다고 한다. '동국신속삼강행실도東國新續三綱行實圖'는 조선 전기에 편찬된 '삼강행실도三綱行實圖'의 속편으로, 조선 광해군 9년(1617)에 유근柳根이 왕명에 따라 편찬했다. 이보를 비롯한 충신, 효자, 열녀 등의 행실을 수록하였고, 그들의 덕행을 기려 민심을 격려하려 하였다. 특히 '이보할지李甫割指'는 고등학교 국어교과서에 수록되어 청소년들에게도 이보의 효행을 널리 알리고 있다.

② 효부 동래 정씨東萊 鄭氏 비야마을

　전라북도 익산시 용동면 대조리 비야마을 안내판 '효부 동래 정씨東萊 鄭氏 비야마을'에는 효부 정씨의 효행을 다음과 같이 알리고 있다.

효부 동래 정씨東萊 鄭氏는 18세 때 전주 이씨 이순면과 혼인하여 시부모를 봉양하였는데, 시어머니가 천식(담증)을 앓게 되자 지극정성으로 간호했다. 백방으로 약을 구하러 다니고 심지어 대변을 맛보며 하늘에 비는 등 정성껏 효도했다. 그럼에도 시어머니 병세가 위독해지자 자신의 넓적다리를 잘라 국을 만들고 약에 타서 마시게 하여 시어머니를 다시 살아나게 했다.

그 후 전주 이씨 가문의 고문서로 6폭 병풍이 만들어졌고, 이 병풍에 지금의 전라북도 익산시 용동면 대조리 비야마을인 용안현 비야동 龍安縣 飛也洞에 살았던 정씨의 효행이 담겼다. 한국방송(KBS) 'TV쇼 진품명품'에 '효부 정씨 상서 고문서' 병풍으로 소개되면서 세상에 알려졌다.

③ 효자 진주 정씨晉州 鄭氏 와야瓦也마을

전라북도 익산시 함열읍 다송리 와야마을 안내판 '효 정려 현판문孝旌閭 懸板文'에는 효자 정헌구鄭憲球의 효행을 다음과 같이 알리고 있다.

湖南의 咸悅(舊 東二面) 多松里에는 孝를 다하시고 돌아가신 孝子 鄭憲球(字는 聖淑이시고 號는 松齊이시다)의 孝 旌閭門이 세워져 있다. 系譜는 晉州 文襄公波諱 乙輔 後孫이며 土林의 집안이었다. 孝子는 본디부터 孝行이 바르고 雜됨이 없이 아주 바르게 자랐으며 行實이 바르고 孝行이 남달랐다. 자라면서도 벗들이나 마을에서도 模範이 되었으며 뜻과 착한 마음 기르기에 힘써 故鄕은 물론 이웃 面까지도 稱誦을 받으며 자랐다. 父母님이 나이가 드시매 걱정하심을 念慮하여 말없이 밖에 나가지 않았으며 居處하시는 곳의 덥고 차가움을 恒常 살피고 부모님이 병이 나시면 항상 그 곁을 떠나지 않았으며 血色을 仔細히 살피시고 排泄物도 색깔이나 냄새, 맛까지도 살펴 먼 곳의 藥房에 가서 仔細히 病勢를 말하고 藥을 드시게 하는 等 온갖 精誠을 다했다. 그래서 이웃 承府郡의 孝子 褒賞도 받았다. 그 後로 더욱 孝行이 널리 알려져 朝鮮 王朝 正祖때 設置한 奎章閣(歷代 임금의 글, 글씨, 高名 等을 保存하는 官衙)에 알려저 孝旌門을 下賜받게 되었다.

2) 효녀孝女 이야기

☐ 효녀孝女 심청沈清

백제 전기 고이왕古爾王 때 전라남도 곡성에 '원량元良'이라는 소경이 살았다. '원량'은 태어날 때부터 앞을 보지 못했다. 그는 나이 사십이 되어서야 늦장가를 들었다. 앞을 못 보는 원량을 측은하게 여긴 마음씨 착한 처녀가 원량에게 시집을 온 것이다. 바느질과 품팔이로 앞 못 보는 자신을 보양하던 아내는 잉태를 하였고 딸을 낳았다. 불행하게도 딸이 태어난 지 이레 만에 아내는 산고로 그만 세상을 뜨고 말았다.

하지만 원량은 슬퍼할 틈도 없이 젖먹이 딸을 데리고 젖동냥을 다녀야 했다. 그렇게 키운 딸 '홍장洪莊'은 용모가 뛰어나고 효성이 지극하였다. 때로는 앞을 못 보는 아버지 원량의 눈이 되어주기도 하고, 때로는 친구가 되어주기도 하였다. 어린 나이에도 홍장은 삯바느질을 해가며 아버지를 봉양하였다. 마을 사람들은 '홍장洪莊'의 효성을 대효大孝라 칭송했다. 나라 안은 물론 중국 땅까지 소문이 자자했다.

어느 날 원량은 밖에 나갔다가 그만 개천에 빠졌다가 홍법사弘法寺 화주승化主僧 성공대사性空大師를 만나게 되었다. 성공대사는 소경 원량에게 우리 함께 금강불사金剛佛事를 이루자고 말하는 것이었다. 이 말에 원량은 '보시다시피 나는 앞을 못 보며 더구나 가난한 처지인데 어떻게 부처님을 위하는 시주가 될 수 있겠습니까?'라고 대답했다. 화주승 성공대사는 절을 하면서 말하기를 '소승이 금강불사의원을 세워 지성으로 백일기도를 봉행하였는데, 어젯밤 꿈에 부처님께서 현몽하시기를 내일 길을 나서면 반드시 장님을 만날 것이다. 그는 이번 불사에 대단월大壇越(큰 시주)가 될 것이니라 하셨으므로 이렇게 간청하는 것입니다.'

'집에는 곡식 한 줌 없고 밖에 나와 봐야 내 땅 한 뼘 없는 처지인데 무슨 수로 시주를 합니까? 다만 내게 딸린 것이라고는 딸자식 하나뿐인데 그 아이로 금강 같은 불법에 선근 인연이 되고 혹시 대작불사에 도움이 될 수 있다면 데리고 가서 좋은 도리를 생각해 보십시오'라고 하였다.

그때 홍장의 나이 불과 열여섯이었다. 이리하여 화주승 성공대사는 무한 감사의 예를 올리고 원량을 데리고 그의 오두막으로 갔다. 원량은 성공대사와 언약한 사연을 딸 홍장에게 말했다. 홍장은 아버지 뜻을 따르기로 결심하고 기막힌 심정으로 울며 성공대사를 따라나섰다. 산천초목도 울고 일월도 빛을 잃고 나르는 새와 달리는 짐승 또한 슬피 울었다. 마을 사람들도 길을 메우며 옷깃을 적시었다.

난생처음 산을 넘고 강을 건너 바다가 보이는 소랑포蘇浪浦에 이르러 잠시 쉬어가기로 하였다. 홍장과 성공대사는 서쪽 바다를 바라보고 쉬고 있는데 멀리 수평선 위에서 붉은 배 두 척이 나타났다. 배들은 질풍같이 다가오는 것이었다. 나루에 다다른 배는 모두 진晉 나라의 배였고 배에는 금관 옥패와 수의를 입은 사자들이 타고 있었다. 그들은 배에서 내려 홍장이 쉬고 있는 곳으로 다가와서 홍장에게 예를 갖추어 절을 하며

'참으로 우리 황후皇后마마이십니다.'

홍장은 물론 성공대사도 깜짝 놀랐다. 홍장은 얼굴빛을 고치고

'어디서 오신 어른이신데 그런 말씀을 하시는 것인지요?

하고 물었다.

'저희는 진나라 사람들입니다. 정해년 5월 신유일丁亥年 五月 辛酉日에 황후께서 붕어하셨는데 성상聖上께서 늘 슬픔을 가누지 못하시더니 하루는 꿈에 신인이 나타나서 말하기를 성상의 새 황후 되실 분은 이미 동국 백제에 탄생하여 장성하였고, 단정하기로는 전 황후보다 더하시니 이미 가신 분 때문에 슬퍼하지 마시오'

하고 현몽하시었습니다. 성상께서는 꿈에서 깨어 날이 밝자 곧 폐백 4만단과 금은 진보 등을 갖추어 이 두 배에 싣게 한 다음 상을 잘 보는 상사를 선발하여 사자로 삼아 조칙을 내리시되, 동국으로 달려가서 황후를 맞이하라 하시었으므로, 소신 등이 외람되이 상명을 받자와 본국을 떠나 온 이래 숙야夙夜(이른 아침부터 밤늦게까지)로 근심하옵더니, 이제 다행히 성의를 여기서 뵈옵게 되었나이다'

그들의 사연을 듣고 난 홍장은 길게 탄식하며 말하기를

'내 한 몸 가는 것이야 무엇이 어렵겠소 그런데 갖고 오신 폐백이 얼마나 되옵니까?'

'예, 저기 두 배에 가득 실은 것이 모두 값진 보물이옵니다.'

홍장이 미소를 띠며 말하였다.

'내 몸은 내 몸이 아니옵고, 아버님을 위하여 선근종자善根種子를 심어 드리기 위하여 부처님께 바쳐진 몸입니다. 그러하오니 저 두 배에 싣고 오신 폐백을 소녀 대신 성공대사께 드리시면 기꺼이 따라가오리다.'

'그럼, 분부대로 거행하겠나이다.'

이때 화주승 성공대사는 참으로 부처님의 가호라고 기뻐하면서

'홍장 아가씨! 아버님의 일은 염려 말고 가십시오. 소승이 잘 보살펴 드리겠습니다.'

싣고 온 보물은 홍법사로 가져가게 하고 홍장은 중국 사신을 따라 진나라로 가게 되었다.

홍장이 진나라에 당도하여 중국 보타도의 귀족이자 무역상인 심국공沈國公을 만나 그의 양녀가 되었다. 이때 마음청정(心淸淨)의 의미로 이름을 심청沈淸으로 개명하고 궁안으로 들어가 진나라 황제를 배알하였다. 당시 심청은 달 같은 얼굴에 별처럼 빛나는 두 눈이 덕과 지혜를 갖춘 모습으로 황후의 기상이었다.

'동국 백제에 이렇게 아름다운 여인이 있었더란 말인가?'

황제는 찬탄해 마지않았다. 심청은 진晉나라 혜제惠帝(첫 번째 황후 죽은 이후)의 문명황후文明皇后가 된다. 궁중에서는 새 황후를 모시는 큰잔치가 베풀어졌다. 황후가 된 심청은 품성이 단아하고 자애로웠음으로 황제의 총애가 날로 더해갔다. 황후는 항상 장업淨業을 닦고 행하기에 힘쓰니, 나라가 편안하며 가난한 자와 병든 자가 줄어들어 온 나라 백성의 칭송이 자자하였다. 심청은 한시도 고향 백제 땅을 잊지 않았다.

'내 비록 타국에서 황후에 오른 몸이지만 어찌 조국을 잊을 수가 있겠는가?'

그리하여 심청은 '오십이불五十二佛'과 '오백성중 십육나한五百聖衆 十六羅漢'을 조성하도록 한 다음 세 척의 돛배에 실어 본국에 보냈다. 그 배는 감로사甘露寺 앞 포구에 닿았으며 이를 감로사에 봉안하였다. 이와 같이 심청은 불교에 대한 신심도 대단했다. 그 뒤로 오랜 세월이 지난 다음 황태자로 하여금 탑을 조성하게 하여 금강사金剛寺에 모셨으며 또한 풍덕현豊德縣(경기도 개풍군) 경천사敬天寺에도 모셨다. 당시 중국 서진 혜황제 사마충西晉 惠皇帝 司馬衷(서진 황조 제2대 황제 : 259년~307년)시대에는 관음불교가 성하였다.

이처럼 본국을 위하여 공덕을 쌓는 한편 황후 자신의 원불로서 관음성상을 조성하여 조석으로 발원하여 모시다가 고향 백제를 그리는 사무친 마음으로 석선에 실어 동국 백제로 띄워 보내면서 원하기를 '관세음보살님이여! 인연 따라 제 고향 백제로 가셔서 그들에게 자비와 지혜를 주시고 정업을 닦아 소원을 성취케하여 주소서!'

배는 바다에 표류하기를 한 달 만에 바람을 따라 낙안樂安 땅 단교斷橋 곁에 정박하게 되었다. 이 땅을 지키던 수비병들이 수상한 배로 의심하여 추격하여 붙잡으려 하였으나 관음성상을 실은 석선이 스스로 움직여 바다 멀리 가버렸다.

이때 옥과玉果(현 곡성군 옥과면)에 사는 성덕聖德이라는 아가씨가 우연히 집에서 나와 해변에 이르렀는데, 멀리 한 척의 석선이 다가오고 있는 것을 보고 성덕은 깜짝 놀랐다. 석선에는 관음금상이 번쩍이고 있었기 때문이었다. 성덕은 공경스러운 마음이 일어나고 어디든 좋은 자리를 찾아 모셔야 한다는 생각이 들어 몸을 단정히 하여 예배를 드리고 관음금상을 등에 업으니 가볍기가 홍모鴻毛(기러기의 털이라는 뜻으로 아주 가벼운 사물을 비유적으로 이르는 말)와도 같았다. 성덕은 관음금상을 업고 낙안을 출발하여 고향인 옥과 땅 관음사로 향하는데 도중에 열두 개의 정자를 만나 쉬어갔다.

　그러나 산봉우리에 이르렀을 때 관음금상이 태산같이 무거워져서 움직일 수가 없었다. 할 수 없이 그곳에 관음금상을 안치하여 대가람을 세우고 '성덕산관음사聖德山觀音寺'로 하였다. 소경 원량은 딸과의 이별의 아픔으로 눈물을 흘리던 중원홍장이 진나라 황후가 됐다는 소식을 전해주자 놀란 나머지 눈을 뜨는 기적이 일어났다. 심청이의 효심에 하늘도 감복한 것이다. 그 후 원량은 복락福樂을 누리며 95세까지 살았다.

· 참고 : 전남 곡성 관음사 연기근원설화 심청전 '조선사리전서朝鮮寺利全書'의 국역(2) 인용

▷ 효녀 심청沈淸 더 알아보기

　심청沈淸은 백제 전기 전라남도 곡성 출신의 역사적 실존 인물이다. 본명은 '원홍장元洪莊'이고 맹인 아버지는 '원량元良'이다. 홍장은 아버지와 성공대사의 약속 즉 공양미 3백석을 보시하고 눈을 뜨게 한다는 내용에 따라 자기를 헌신한다. 그녀는 쌀 3백석 값을 받고 중국 절강성 주산시 보타도 심가문진(심청마을)에 사는 국제 귀족 상인 심국공沈國公 일행을 따라 중국으로 간다. 원홍장은 심국공의 양녀가 되니 이름을 심청沈淸으로 바꾸고, 이어서 진나라 혜제의 문명황후가 된다. 진서에는 원희元姬로 기록돼 있다. 문명 황후는 당시의 관음 불교에 심취하여 백제 곡성관음사에 5백나한, 관음보살상, 소조금니상 등을 보내고, 심청의 아버지는 눈을 뜨게 된다. 효를 비롯한 신선도 5상(충忠,

효孝, 용甬, 신信, 인仁)은 기본 윤리가 복잡다단한 현대 사회에도 필요하다. 우리나라에 심청과 관련이 있는 곳으로 알려진 곳은 전남 곡성, 경기 옹진군 백령도, 충남 예산군 대홍면, 황해도 황주, 경기도 화성시 서신면 홍법사 등이다. 그 가운데서도 전남 곡성군 오산면 성덕산에 있는 관음사觀音寺 창건의 사적을 적은 '관음사사적기'는 장님 아버지 원량元良의 딸 홍장洪莊의 아름다운 이야기를 적고 있다.

이는 AD 3백년경 백제시대의 일이며 조선 왕조 영조 5년(AD 1729) 백매선사가 역사 기록을 판각하였으나, 6 · 25때 소실되었고, 활자본이 남아 그 기록이 20세기에 들어서서 국학國學계에 알려졌다.

천태산인天台山人 김태준金台俊 (1905~1950)의 '조선소설사朝鮮小說史' 이래로 '원홍장'이 심청전의 근원 설화로 알려져 왔는데, 화엄사 고경스님 등이 '관음사연기설화觀音寺緣起說話'에 대한 최초의 학술 연구 논문으로 발표하였다.

심청전은 전남 곡성의 관음사 사적을 발췌 인용하여 하서河西 김인후金麟厚(1510~1560)가 쓴 작품이다. 후대에 얼마나 가필되었는지 정확히 알 수는 없으나 현존하는 심청전 가운데 '박순호(원광대 국어교육과 명예교수)소장 효녀 실기 심청전'이 최초 원본이라고 할 수 있다. 그 외 박혜범(본명 박명엽)의 '원홍장과 심청의 만남 (2002, 한맥문학 刊)'이 출간되기도 했다.

3) 효행에 관한 이야기들

<이야기 1>
어떤 고을에 이름난 효자가 있었다. 효자문을 세우는 등 인근 사람

들에게 칭찬의 대상이 되었다. 어느 날 이 효자는 '효자 순례의 길'을 나섰다. 그것은 자기 이외에 또 효자가 있는지 알아보기 위해서였다.

어느 고을에 이르자, 그 동네에 '진짜 효자'가 있다는 말을 듣고 효자의 집엘 찾아갔다. 마침 효자라는 사람이 집채더미 만한 나뭇짐을 짊어지고 숨 가쁘게 사립문 안으로 들어서고 있었다. 사내의 주제는 남루하고 볼 것이 없었다.

땀을 뻘뻘 흘리면서 무거운 나뭇짐을 부리더니 두 다리를 쭉 뻗고 주저앉으면서

'아! 더워 죽겠네. 엄마 물 좀 줘!'

물을 달라고 소리친다. 늙은 어머니가 허둥지둥 냉수 한 그릇을 떠다가 주고 또 세숫대야에 찬물을 떠 가지고 와서 아들의 발을 씻겨 주는 것이었다. 아들은 냉수 한 그릇을 단숨에 들이마시고 미안한 기색도 없이, 씻어주는 어머니에게 두 발을 내맡기고 웃는 것이었다.

찾아간 효자는 이 광경을 보고

'참! 해괴망측한 놈도 다 보겠다.'

크게 실망을 하고 돌아섰다. 물론 이름난 효자의 안목에서 볼 때 이해가 되지 않을 뿐만 아니라 저런 사람을 어찌 효자 중의 효자라고 하는지 알 수 없었다.

무릇 효자라고 하면 어버이 모시기에 온갖 정성을 다하여 '혼정신성 昏定晨省(밤에는 부모의 잠자리를 보아 드리고 이른 아침에는 부모의 밤새 안부를 묻는다는 뜻으로, 부모를 잘 섬기고 효성을 다함을 이르는 말)'과 '출문망出門望(문 밖에 나가 출타한 부모가 돌아오기를 기다린다는 뜻)'을 해야 함에도 불구하고 어머니에게 발을 씻게 하는 나무꾼이야말로 어찌 효자라고 할 수가 있겠는가? 이런 나무꾼을 효자라고 안내한 사람에게 화를 냈다.

그러자 안내를 한 사람은 도리어 '여보시오! '효孝'라는 것이 별다른 것이 있소? 그저 어버이의 마음을 즐겁게 하는 것이 효지! 그 어머니가 아들의 발을 씻기면서 얼마나 좋아하고 즐거워합디까?' 반문했다는 이야기다. 이것은 한낱 지어낸 이야기에 불과하겠지만 과연 누가 더 효자일까? 생각하게 하는 대목이다.

이런 이야기를 하는 것 자체가 상식에 어그러지는 일이라고 할 수 있다. 그렇다고 상식에 어그러지는 것 모두가 틀리다고 단정할 수는 없는 일이다. 생각을 달리하고 각도를 다르게 바라볼 때 아닌 것 같은 진리가 진리인지도 모르는 일이다. 이름난 효자의 경우일수록 어버이와 자식 간에는 엄격히 구별되어 어버이는 존경의 대상이 되어 한시라도 자식의 의식이나 시야를 벗어나지 않는다.

혼정신성昏定晨省이나 출문망出門望 좋은 효도의 부분이다. 그러나 너무 형식화가 되다 보면 어버이의 마음을 괴롭히는 결과가 될 수 있는 것이다. 좋은 일이나 괴로운 일이나 부모 자식 간에 마음속에 의식한다는 것은 대립의 삭을 세우는 것이다. 그럼으로 인해 두 사람 사이에 거리가 생기기 마련이다.

이에 반하여 나무꾼의 경우에는 어머니도 없고 아들도 없고 오직 자비스러운 어머니가 사랑스런 아들의 발을 씻는 즐거움이 있을 따름이다. 주는 자도 없고 받는 자도 없는 '무주상無住相의 보시布施며 무공용無功用의 공용이며 행무행行無行의 행일 뿐이다.

유교에서도 '명부자지친明父子之親'이라고 했다. 부자는 아버지와 아들이 따로따로 있어 양자 간에 부자 관계가 생기는 것이 아니라, 아버지와 아들이 피차를 상대적으로 의식하기 이전에 이미 한 분分의 간격도 없이 원래부터 있다는 것이다. 이것이 '무간극無間隙의 친親'이다.

'명부자지친明父子之親'은 바로 친親을 밝히라고 하는 말이다. 밝힌다는 말은 원래 있는 그대로 나타내라는 말이다. 진실한 사랑은 소년·소녀의 순정에서와 같이 나도 없고 너도 없고 오직 사랑만이 꽃같이 피는 것이기 때문이다.

봄날, 활짝 핀 벚나무 밑에 서 보면 안다. 벚꽃이라는 의식도 없고 벚꽃을 의식하는 나도 없고, 다만 화창한 기분에 들떠 있을 뿐! 말하자면 화사한 꽃이 나의 마음속에 스며들고 나의 황홀한 심정조차 꽃 핀 언저리에 메아리같이 번져간다. 흡사 라일락 꽃향기가 습기 찬 초하初夏의 저녁 대기에 번져가듯이···. 이러한 의미에서 어머니와 나무꾼은 무심코 선禪의 '효孝' 속에서 진정한 모자母子가 된 것이다.

· '동국대, 현대불교신서 25권' 聽松 高亨 (1906~2004) 발췌 ('79)

<이야기 2>

아내를 잃고 혼자 사는 노인이 있었다. 젊었을 때는 일도 겁나지 않았지만 이제는 자기 몸조차 가누기가 힘들 정도로 늙었다. 노인에게는 장성한 아들 둘이 있었지만 아버지를 돌보지 않았다.

어느 날 노인은 목수를 찾아가 궤짝 하나를 맞췄다. 그것을 집으로 가져와 그 안에 유리 조각을 가득 채우고 자물쇠를 채웠다. 그 후 아들들은 아버지의 침상 머리맡에 놓여있는 궤짝을 보며 의문이 생겼다. '도대체 저 궤짝이 뭐야?' 궁금증이 풀리지 않자 아버지께 여쭈었다. 아들들의 물음에 노인은 신경 쓰지 말라고 말할 뿐이었다. 아들들은 아버지가 없는 틈을 타 궤짝을 열어보려고 했지만 자물통이 튼튼하게 잠겨 있어 열 수가 없었다. 이상한 것은 궤짝을 흔들면 안에서 쇠붙이들이 부딪치는 소리가 나는 것이었다. 아들들은 생각하였다.

'그래! 이 궤짝 속에는 분명 아버지가 평생 모아 놓은 금은보화가 들어있을 거야.'

그때부터 아들들은 번갈아 가며 아버지를 모시기 시작하였다. 조석으로 고기반찬을 밥상에 올리고 철 따라 비단옷을 해드렸다. 그러는 사이 세월이 흘러 노인은 죽었다.

삼우제를 마친 두 아들은 드디어 궤짝을 열기로 했다. 큰아들은 내가 장남이니 금은보화를 더 많이 가져가야 한다고 주장했다. 동생인 막내아들은 내가 아버지를 더 잘 모셨으니 당연히 자신이 더 많이 가져가야 한다고 떼를 쓰는 것이었다. 아버지에게 열쇠를 받지 않은 아들들은 고민에 빠졌다. 이웃집에서 큰 장도리를 얻어다가 끙끙대면서 궤짝을 열었다. 궤짝을 겨우 열었지만 쏟아져 나온 것은 강가에서 주워 온 몽돌들이었다. 큰아들은 실망해서 말했다.

'진짜, 당했군!'

그리고는 멍하니 궤짝을 바라보고 있는 동생을 향해 소리쳤다.

'왜? 궤짝이 탐나냐? 네가 가져라!'

막내아들은 형이 외치는 소리를 들었는지 못 들었는지 한동안 멍청해진 채 그 자리에 서 있었다. 적막한 시간이 흘렀다. 1분, 3분, 5분….막내아들의 눈에 맺힌 이슬이 주르륵 흘러내렸다. 막내아들은 그 궤짝을 자기 집으로 옮겼다. 문밖에서는 바람에 나뭇가지가 흔들리고 있었다.

'풍수지탄風樹之歎' 나무가 조용히 있고 싶어도 바람이 나무를 가만두지 않음을 한탄하는 뜻으로, 자식이 효도하려 해도 어버이는 기다려

주지 않는다는 말이다. 옛글을 생각하며 아버지가 남긴 유품 하나만이라도 간직하는 것이 그나마 마지막 효도라 생각한 것이다. 그때였다. 아내가 구질구질한 물건을 왜 집에 들이느냐며 짜증을 냈다. 그는 아내에게 몽돌을 버리고 궤짝만이라도 갖고 싶다고 말했다. 겨우 허락을 받은 그는 궤짝을 비웠다. 밑바닥에 편지 한 장이 깔려 있었다. 막내아들은 그것을 읽으며 꺼억 꺼억 소리 내어 울기 시작했다. 나이 마흔을 넘긴 사내의 통곡 소리에 그의 아내가 토끼눈을 떴다. 아들과 딸이 웬일이냐며 달려왔다. 편지지에는 그렇게 쓰여 있었다.

'첫째 아들을 가졌을 때 나는 기뻐서 울었다. 둘째 아들이 태어나던 날, 나는 좋아서 웃었다. 그때부터 삼십여 년 동안, 수천 번, 아니 수만 번! 아들들은 나를 울게 하였고 또 웃게 하였다. 이제 나는 늙었다. 그리고 자식들은 달라졌다. 나를 기뻐서 울게 하지도 않고, 좋아서 웃게 하지도 않는다. 내게 남은 것은 그들에 대한 기억뿐이다. 처음엔 진주 같았던 기억. 중간엔 내 등뼈를 휘게 한 기억. 지금은 강가에서 주워온 몽돌 같은 차디찬 기억. 아아! 내 아들들만은 나처럼 되지 않기를, 그들의 늘그막이 나 같이 쓸쓸하지 않기를…'

아내와 아들딸도 그 글을 읽었다. '아버지!' 소리치며 아들과 딸이 그의 품안으로 뛰어들었다. 아내도 그의 손을 잡았다. 네 사람은 부둥켜안고 울었다. 그런 일이 있은 다음부터 그들 집안에서는 즐거운 웃음소리가 들리지 않는 날이 없었다.

4) 현대 위인들의 효孝 이야기

▶ 나폴레옹의 이야기

 나폴레옹(Napoléon Bonaparte : 1769년~1821년)은 '프랑스여, 위대한 어머니를 가지게 하라. 그리하면 위대한 자녀들을 가지게 될 것이다. 위대한 어머니, 그것은 한 국가가 소유한 재물 가운데 최고의 보배이다.'라고 말했다. 의미심장한 말이 아닐 수 없다.

 나폴레옹이 폴란드를 점령한 후에 폴란드의 부자 영주로부터 저녁 초대를 받았다. 나폴레옹은 신하들과 더불어 저녁에 그 영주의 집을 찾아갔다. 영주의 집에는 많은 손님들이 와 있었다. 그중에서도 나폴레옹이 제일 첫째가는 손님이었다. 상이 차려지고 자리가 배정되었다. 응당 승전국의 황제요, 그 이름이 세계에 알려진 나폴레옹의 자리가 첫째 좌석임에는 틀림없었다.

  그러나 영주는 세 번째 좌석에 나폴레옹을 앉혔다. 그리고 나머지 손님들은 그다음으로 앉혔다. 나폴레옹은 불쾌한 마음이 들었다. 체면 때문에 화를 내지 않고 참았다. 만찬이 시작되는 중에도 맨 앞 두 자리는 비어 있었다. 만찬이 끝난 후 나폴레옹의 신하들이 영주에게 항의하며 물었다. '우리 황제가 첫 번째 자리에 앉아야 함에도 왜 세 번째 자리에 배정을 했습니까?' 그때 영주는 대답하기를 '황제는 프랑스에서는 제일갈지 모르지만 우리 집에서는 아버지, 어머니, 그다음 자리가 황제이기 때문에 첫째, 둘째 자리는 부모님 자리였습니다'. 영주의 말을 듣고 난 나폴레옹은 마음에 진한 감동을 받았다. 프랑스로 돌아온 나폴레옹은 모든 국민에게 효성이 지극한 그 폴란드 영주를 소개하고 전 국민이 부모에게 효도할 것을 호소했다고 한다.

▶ 처칠의 이야기

1차 세계대전 뒤 처칠(Sir Winston Churchill : 1874~1965)이 전쟁을 승리로 이끌어 영웅이 되자, 런던의 한 신문사에서 처칠을 가르쳤던 교수들을 취재하여 위인을 만든 스승들이란 제목으로 보도해 큰 화제를 불러일으켰다.

그러나 이 기사를 본 처칠은 신문사에 다음과 같은 편지를 보냈다. '귀 신문의 보도에서 가장 중요한 스승 한 분이 빠졌습니다. 그분은 바로 나의 어머니입니다.' 부모와 자식은 피로 맺어진 관계이다. 부모님은 나에게 피 흘려주신 분이다. 생을 마치기까지 사랑하는 분이다. 부모님은 세상에서 가장 위대한 스승이다.

▶ 케네디의 이야기

한 청년이 '위대한 스승'을 만나기 위해 집을 나섰다. 이곳저곳을 헤맸으나 찾지 못했다. 청년은 너무 지쳐 나무 그늘에 쉬고 있었다. 그때 길을 가던 노인이 청년에게 물었다. '이보게 청년, 왜 그렇게 앉아 있나?' 청년이 답했다. '위대한 스승을 찾으려고 합니다.' 노인은 미소를 지으며 말했다.
'자네가 찾는 위대한 스승이 어디 있는지 가르쳐 주지. 지금 곧장 집으로 돌아가게. 신발도 신지 않고 뛰어나오는 사람이 자네가 찾는 위대한 스승일세.' 청년은 집으로 달려가 대문을 두드리자 신발도 신지 않은 사람이 뛰어나와 맞이했다.

　그 위대한 스승은 바로 청년의 어머니였다. 어머니는 아들의 얼굴을 비비며 따뜻하게 껴안았고 맛있는 음식도 만들어 주었다. 청년은 노인의 말처럼 나의 위대한 스승은 어머니인 것을 깊이 깨닫고 열심히 공부하여 미국 제35대 케네디 대통령(John F. Kennedy : 1961년~1917년)이 되었다.

　한 생명이 이 땅에 태어나서 제일 먼저 배우는 단어는 '엄마, 아빠'이다. 한 생명이 이 땅에 태어나서 제일 먼저 보는 그림은 부모님의 얼굴이다. 한 생명이 태어나서 제일 먼저 받는 등대의 빛은 부모의 눈동자다. 이 땅에 부모보다 위대한 스승은 없다.

6. 시詩 문학 '효孝' 작품

□ 고시조에 나타난 '효孝'의 양상과 특징

　고시조에서 효孝의 표현 양상을 '세효世孝와 출세효出世孝', '단효單孝와 광효廣孝', '사효事孝와 이효理孝', '행효行孝와 화효化孝'로 나눈다.

1) 세효世孝와 출세효出世孝

　세효世孝란 어떤 것이며, 어떻게 하는 것이 바람직한 효도라는 것을 권면하여 가르치려고 하는 훈효訓孝시조다. 효의 권면이라 하면 효를 권하고 격려하여 힘쓰게 하는 것을 말한다.

세효世孝

어버이 사라신제 셤길 일란 다 ᄒᆞ여라
디나간 휘면 애ᄃᆞ다 엇디 ᄒᆞ리
평싱애 고텨못 홀 이리 잇뿐인가 ᄒᆞ노라

(정철鄭撤, 1918)

출세효出世孝

男兒의 立身揚名 顯父母 크다마는
士君子 出處間에 ᄭᅵ時字가 關中허다
아마도 晝耕코 夜讀ᄒᆞ여 後河之淸허리로다.

(조황趙榥, 521)

2) 단효單孝와 광효廣孝

단효單孝란 대 개인적(부모/임금)인 정서가 무르녹아 있는 효를 말한다. 즉, 사부모, 연부모하는 시조가 그것이다.

단효單孝

뫼흔 길고길고 믈흔 멀고 멀고
어버이 그린 뜯은 만코만코 하고하고
어듸서 외기러기는 울고울고 가ᄂᆞ니

(윤선도尹善道, 1044)

광효廣孝

父母俱存ᄒ시고 兄弟無故호몰
놈대되 닐오듸 우리 지븨 굿다터니어엿븐 이내 흔모
믄 어듸 갓다가 모ᄅᄂ뇨

(이숙량李菽樑, 1287)

3) 사효事孝와 이효理孝

사효란 부모 은혜나 은덕에 보은함으로써 살아있는 몸에 관한 효를
말한다. 나를 낳은 이가 부모이고, 키운 이 또한 부모라 천하에 유위
함이 살아있는 몸 이상일 수는 없는 일이다. 부모가 이 몸을 낳은 근
본이기에 헐벗고 굶주릴지라도 큰 은혜를 잊을 수 없는 일이다.

사효事孝

父兮 生我ᄒ시고 母兮 麴我ᄒ시니
父母 恩德을 昊天罔極이옵썬니
眞實로 白骨이 糜粉인들 此生에 어이 갑ᄉ오리

(김천택金天澤, 1310)

이효理孝

侍下 썩 져근 고을 專城孝養不足더니
오늘날 一道方伯 나 혼자 노리는고
三時로 食前方丈에 목 미치여 ᄒ노라

(신헌조申獻朝, 1776)

4) 행효行孝와 화효化孝

　행효란 부모의 장수를 기원하고, 부모에게 기쁨을 주는 것, 걱정을
시키지 않는 것 등으로 육체적으로 행하는 것을 일컫는다. 행효하는
사람이 천지와 더불어 덕을 참구하면 해와 달도 함께 빛을 발하며 만
물을 화육하는 법이다. 이는 천·지·인 삼재가 하나가 됨을 말함이
니, 어진 임금이 있으면 나라의 기틀이 공고하게 되어, 왕도의 풍화가
세상에 떨쳐 크게 성하게 된다고 한다.

행효行孝

日中 三足鳥ㅣ야 가지 말고 늬말 드러
너희는 反哺鳥ㅣ라 鳥中之曾參이로다
北堂에 鶴髮雙親을 더듸 늙게 ᄒ여라

(허정許珽, 2449)

화효化孝

詩書를 뭇고 들어 義理를 일치말며
生産作業하야 蒸嘗을 긋치마라
이 밧긔 泛濫흔 쏫으란 부듸먹지 말와라

(김수장金壽長, 1769)

■ '효孝' 고시조 (예)

예1)
慈親鶴髮在臨凉자친학발재림량 /머리흰 어머니를 강릉에 두고
身向殘岸獨鞍去신향잔안독안거 /나 홀로 서울로 가는 이 마음
稀首北屯視眼望회수북둔시안망 /문득 머리 돌려 북촌을 바라보니
姿雲飛下其山靑자운비하기신청 /흰구름 뜬 아래 산이 푸르구나

▶ 지은이 : 신사임당申師任堂 (1504~1551) 본명 신인선申仁善. 친정어머니를 생각하며 지은 사모곡이다. 이율곡의 어머니인 신사임당은 강릉 북평에서 태어나 성장하였으며 19세에 이원수李元秀와 결혼했다. 결혼 몇 달 후, 아버지가 죽자 친정에서 3년상을 마치고 서울로 올라왔다. 이후 시가媤家인 파주 율곡리에서 생활하기도 하였지만 자주 강릉에 내려가 홀어머니의 말동무를 해드렸다고 한다.

▷ 감상 : 이 작품은 늙으신 어머님을 두고 서울로 떠나며, 서글픈 심정을 읊은 7언 절구의 노래이다.

제1,2행(기,승)은 출가 외인이 된 작자가 서울로 옮기면서, 연로하신 어머니 곁을 떠나게 된 상황을 가슴 아프게 생각하고 있는 내용이다.

제3,4행(전,결)은 호호백발이 다 되신 어머니를 가까이 모시지도 못하고, 훌쩍 떠나는 여식의 애절한 마음이 심화되어 나타난다. 특히 결구의 '흰 구름'은 늙으신 어머님을 상징하며, 어두워져 가는 '청산'은 곧 작자 자신의 슬픈 심정을 대변해 주고 있는 소재로, 배경을 통해서 비유가 적절하게 드러나고 있다.

예2)

盤中(반중) 早紅(조홍)감이 고아도 보이나다.
柚子(유자)이 아니이라도 품음즉 ᄒ하다마는는
품어 가 반기리 업스니시 글을 설위 하노라.

▶ 지은이 : 박인로朴仁老 (1561~1642) 송강 정철과 고산 윤선도와 함께 조선조 3대 작가. 호는 노계蘆溪 자는 덕옹德翁 조선 중기의 문인, 임진왜란 때는 무인武人으로도 활동하였다. 그의 생애 전반이 무인으로서의 면모가 두드러졌다면, 후반은 선비요, 가객으로 면모가 지배적이다. 시조로 '조홍시가早紅枾歌'를 비롯해서 '선상탄船上歎' 등 68수가 전하고, 가사로 영남가, 노계가 등 9편이 전한다.

▷ 감상 : 중국 오나라의 육적陸積이 6세에 원술袁術의 집에서 접대로 내놓은 유자 3개를 몰래 숨겼다가 발각이 되었다. 그 까닭을 물었더니, 어머니께 가져다 드리고 싶어 그랬노라고 대답하여, 지극한 효성이 모두를 감동시켰다는 고사가 있다. 한음漢陰 이덕형李德馨이 접대로 내놓은 감을 보고 위의 '육적회귤陸積懷橘'의 고사에서 어머니를 그리워하여 지었다고 한다. 보통 '조홍시가早紅枾歌'라 불린다.

예3)

뉘라서 까마귀를 검고 흉타 하돗던고
반포보은反哺報恩이 그 아니 아름다운가
사람이 저 새만 못함을 못내 슬퍼하노라

▶ 박효관朴孝寬 (1781-1880) : 호는 운애雲崖 자는 경화景華. 조선 고종 때의 가객歌客. 안민영安玟英과 더불어 가곡원류를 편찬하여 가곡 '창唱' 의 연구에 귀중한 자료를 제시하였다. 그의 작품 13수가 가곡원류에 전해진다.

▷ 감상 : 세상 사람들은 까마귀를 흉조凶鳥라 하여 꺼려한다. 그러나 까마귀는 반포보은反哺報恩의 갸륵한 심성을 가지고 있다. '효孝를 못하는 사람이 많은 데 비하면, 까마귀가 얼마나 갸륵한가, 우리는 까마귀에게서 효를 배워야겠다.

예4)
어버이 살아신제 섬길 일란 다하여라
지나간 후이면 애닯다 어찌하랴
평생에 고쳐 못할 일이 이뿐인가 하노라

▶ 송강松江 정철鄭澈 (1536-1593) : 조선 중기의 문인·정치가. 본관은 연일延日. 호는 송강松江, 고산孤山 윤선도, 노계盧溪 박인로와 더불어 조선조 3대 작가. 단가短歌에 윤고산, 장가長歌에 정송강이라고 일컬어지는 가사歌辭의 제1인자로 칭송 함. 시가집 '송강가사'에는 관동별곡, 성산별곡, 사미인곡 등 장가를 비롯하여, 장진주사, 훈민가 등과 같은 단가(시조) 77수가 실려 있다. 시문집으로는 '송강집'이 있다.

▷ 감상 : 송강 정철의 훈민가訓民歌 중 '자효子孝'이다. 효도는 백행百行의 근본이며, 불효不孝는 죄罪 중에 대죄大罪다. 그러니 효도는 미루었다가 하는 것이 아니다. 살아 계실 적에 게을리해선 안 된다.

예5)
세월이 여류하니 백발이 절로 난다
뽑고 또 뽑아 젊고자 하는 뜻은
북당에 친재하시니 그를 두려워함이라

▶ 김진태金振泰 (연대미상) : 조선 영조·정조 때의 시조작가이며 여항
시인閭巷詩人(=위항시인委巷詩人) 속세에 때묻지 않은 선경仙境을 노래한
시조 26수가 해동가요에 전해지고 있다.

▷ 감상 : 세월이 흐르는 물과 같아서 내 머리에도 흰머리가 절로 나
게 되었다. 그것을 뽑고 또 뽑는 것은 어머니가 살아 계시기 때문이
다. 자식 된 몸으로 어버이 마음을 아프게 하는 것이기 때문이다. 옛
선인의 효성을 느끼게 하는 시조이다.

예6)
어버이 날 낳으셔 어질고져 길러내니
이 두 분 아니시면 내몸 나서 어질소냐
아마도 지극한 은덕을 못내 갚아 하노라

▶ 낭원군朗原君 (1640-1699) : 선조의 손자인 인흥군仁興君의 아들이며,
효종의 당숙으로 학문에 조예가 깊고 시가에 능하였다. 왕실작가 중
가장 많은 시조작품을 남겨 30수의 시조가 전 한다. '청구영언' 진본珍
本에만 20수가 전하고, 나머지 10수는 여러 시조집에 산재한다.

▷ 감상 : 어버이께서 날 낳으시고 어진 사람으로 길러 주시니, 이 두 분 아니면 내가 어찌 어진 사람이 되겠는가? 이 은혜를 갚지 못할까 그것이 걱정이 된다는 말이다.

예7)
題全州孝子里立石제전주효자리입석 /전주全州 효자리孝子里에 세운 비석에 제하다

立石標孝子입석표효자 : 비석 세워 효자를 표창하니
不曾鐫姓氏불증전성씨 : 성씨는 본래부터 새기지 않았구나
不知何代人불지하대인 : 어느 때 사람인지 알 수 없으며
孝行復何似효행복하사 : 어떠한 효행인지 모르겠도다
伊昔魯曾參이석로증삼 : 옛날 노나라 증삼曾參은
不入勝母里불입승모리 : 승모(어미를 이김)라는 마을에 들어가지 않았으니
脫令見此石탈령견차석 : 만약 이 비석 보았더라면
絶欲卜隣奇절욕복린기 : 이웃 삼아 살려고 힘썼을 거야

· '동국이상국집東國李相國文集' 제9권 이규보李奎報(1168~1241)가 지은 전라도全羅道 전주부全州府 효자리孝子里에 관한 고시조다. 이규보李奎報는 시에서 '돌을 세워 효자를 표창하였는데, 성씨를 아니 새겼네. 어느 때 사람이며, 효행은 어떠하였는고?' 묻고 있다.

□ 현대시에서 나타난 '효孝'의 양상과 특징

문학은 사상의 보고이며 감정의 집적이다. 시인은 자신의 삶과 타인의 삶 그리고 삶과 삶의 관계가 빚어내는 다양한 모습의 삶에 관심을 두고 그들이 겪고 있는 삶에 문제를 제기한다. 시인들은 '효孝'의 결핍을 우리 사회가 안고 있는 문제의 하나로 지목한다. 그리고 '효孝'의 회복을 주문한다. 많은 이들이 인간으로서 마땅히 걸어야 할 길을 벗어났다는 것이 시인들의 판단이다. 시인들은 자녀가 문화적으로 성숙한 상태에서 부모를 바라볼 것을 주문한다. 그러기 위해 부모에게 좀 더 관심을 가질 것을 촉구한다. 또한 자녀의 부모관이 부모의 정체성을 이루는 근거가 되며 부모의 삶을 의미 있게 만드는 중요한 지표가 된다는 사실을 중시한다. 아래 작품들은 한결같이 부모를 그리워하고 추억한다. 그리움과 돌이켜 생각함은 다하지 못한 도리에 대한 뉘우침이고 참회이며 부모의 사랑에 대한 감사로, 자신의 근원에 대한 인정이다. 시인들의 깨달음은 인간의 도리로부터 벗어났음을 알리는 경고다. 현대시가 말하는 '효孝'에 대한 관심은 현시대에 울리는 경고에 대한 귀 기울임이며 바른길에 대한 안내다. 현대시가 '효孝' 의식에 관심을 갖는 이유다.

1) '효孝' 현대시 (예)

■ 우리나라 문학부문의 석학碩學 양주동박사梁柱東博士가 '부모은중경父母恩重經'으로 '어머니의 마음'을 작사하여 매년 5월 8일 어버이날에 부르는 노래

낳 실제 괴로움 다 잊으시고 /기를 제 밤낮으로 애쓰는 마음 /진자리 마른자리 갈아 뉘시며 /손발이 다 닳도록 고생하시네 /하늘 아래 그 무엇이 넓다 하리오. 어머님의 희생은 가히 없어라

▷ '어머니의 마음' 노래를 들으면 악한 마음을 가지고 있는 사람도 한 번쯤은 부모님 생각에 눈시울을 젖게 한다.

■ 참고 : 부모은중경父母恩重經은 부모의 은혜를 구체적으로 십대은十大恩으로 나누어서 다음과 설명하고 있다.

① 회탐수호은懷耽守護恩 : 어머니가 품에 품고 자식을 지켜준 은혜
② 임산수고은臨産受苦恩 : 아기를 낳을 때 고통을 이기는 은혜
③ 생자망우은生子忘憂恩 : 자식을 낳고 근심을 잊는 은혜
④ 인고토감은咽苦吐甘恩 : 쓴 것을 삼키고 단것을 뱉아 먹이는 은혜
⑤ 회건취습은廻乾就濕恩 : 진자리 마른자리 가려누이는 은혜
⑥ 유포양육은乳哺養育恩 : 젖을 먹여 기르는 은혜
⑦ 세탁부정은洗濯不淨恩 : 손발이 닳도록 깨끗이 씻어주시는 은혜
⑧ 원행억념은遠行憶念恩 : 먼 길을 떠났을 때 걱정해 주시는 은혜
⑨ 위조악업은僞造惡業恩 : 자식을 위해 나쁜 일까지 감당하는 은혜
⑩ 구경연민은究竟憐愍恩 : 끝까지 불쌍히 여기고 사랑해 주는 은혜

부모은중경父母恩重經은 부모의 은혜가 한없이 크고 깊음을 설하여 그 은혜에 보답할 것을 가르친 경전으로 '불설대보부모은중경佛說大報父母恩重經'이라고도 한다. 내용은 부모의 은혜가 한없이 크다는 것에

역점을 두고 있다. 예를 들면 어머니가 아이를 낳을 때는 3말 8되의 응혈凝血을 흘리고 8섬 4말의 혈유血乳를 먹인다고 하였다. 이와 같은 부모의 은덕을 생각하면 자식은 아버지를 왼쪽 어깨에 업고 어머니를 오른쪽 어깨에 업고 수미산須彌山(불교 우주관에서 우주의 중심을 이루는 거대한 산)을 백천번 돌더라도 그 은혜를 다 갚을 수 없다는 것이다.

▶ 어머니에 관한 시

예1)
낙엽이 우수수 떨어질 때 /겨울의 기나긴 밤 /어머님하고 둘이 앉아 /옛이야기 들어라 //나는 어쩌면 생겨 나와 /이 이야기 듣는가? /묻지도 말아라 내일 날에 /내가 부모 되어서 알아보랴?

-김소월 '부모' 전문-

▶ 김소월金素月 (1902~1934) : 본명 김정식金廷湜 평안북도 구성군에서 태어났다. 자란 곳은 평안북도 곽산군이다. 대표작으로는 진달래꽃, 엄마야 누나야, 산유화, 초혼, 접동새 등이 있다.

▷ 감상 : 이 시는 낙엽이 떨어지는 겨울날 밤, 어머님과 둘이 앉아 지나간 이야기를 나누면서 때로는 눈물을 흘리며 정이 서린 대화를 생각게 하는 옛이야기다. 그뿐만 아니라 부모에 대해 자의식에 눈뜬 아이가 최초로 던진 존재론적 물음이다. 제목 '부모'가 시사하듯이 '효심孝心'에 초점을 맞춘 시다.

예2)

열무 삼십 단을 이고 /시장에 간 우리 엄마 /안 오시네, 해는 시든 지 오래 /나는 찬밥처럼 방에 담겨 /아무리 천천히 숙제를 해도 /엄마 안 오시네. 배추잎 같은 발소리 타박타박 /안 들리네, 어둡고 무서워 /금간 창 틈으로 고요히 빗소리 /빈방에 혼자 엎드려 훌쩍거리던 /아주 먼 옛날 /지금도 내 눈시울을 뜨겁게 하는 /그 시절, 내 유년의 윗목

-기형도 '엄마 걱정' 전문-

▶ 기형도奇亨度 (1960~1989) : 경기 연평도에서 태어남. 연세대 정치외교학과 졸업. 1989년 3월 7일 새벽 4시, 서울 종로구의 한 심야 극장에서 숨진 채 발견되었다. 사인은 뇌졸중이었다. 당시 만 28세였다. 유고집으로 시집 '입속의 검은 잎' 시와 산문집 '기형도 전집'이 간행되었다.

▷ 감상 : 기형도는 '나의 영혼은 검은 페이지가 대부분이다.'라고 노래했던 시인이자 중앙일보 기자였다. 기형도의 시는 자신의 개인적인 상처를 드러내고 분석하는 데서 시작된다. 기형도 '엄마 걱정'에서도 마찬가지다. 가난한 집안 환경과 아픈 아버지, 장사하는 어머니, 직장을 다니는 누이 등 어두웠던 어린 시절의 기억은 그의 시에 물씬 배어난다. 기형도의 시는 우울과 비관으로 점철돼 있는데 거기에는 개인적인 체험 외 정치 사회적인 억압이 간접적인 원인으로 자리하고 있다. 힘들었던 어린 시절이 그대로 묻어나 애절하다.

예3)

진주(晉州) 장터 생어물(魚物)전에는 /바닷 밑이 깔리는 해 다 진 어스름을 //울엄매의 장사 끝에 남은 고기 몇 마리의 /빛 발(發)하는 눈깔들이 속절없이 /은전(銀錢)만큼 손 안 닿는 한(恨)이던가 /울엄매야 울엄매 //별밭은 또 그리 멀어 /우리 오누이의 머리 맞댄 골방 안 되어 /손시리게 떨던가 손시리게 떨던가 //진주 남강(南江) 맑다 해도 /오명 가명 /신새벽이나 별빛에 보는 것을 /울엄매의 마음은 어떠했을꼬 /달빛 받은 옹기전의 옹기들같이 /말 없이 글썽이고 반짝이던 것인가

—박재삼 '추억에서' 전문—

▶ 박재삼朴在森 (1933~1997) : 가난해 중학교 진학을 못하고 삼천포여중 사환으로 들어가 교사로 재직 중인 시조시인 김상옥(1920~2004)의 지도를 받으면서 전화위복이 되었다. 1955년 현대문학으로 등단하여 문단생활을 한 우리나라의 대표적인 서정시다. 1962년에 첫 시집 '춘향이 마음'을 출간. '천년의 바람' '울음이 타는 가을 강' 등이 있다.

▷ 감상 : 어머니의 한스러운 삶, 고생을 형상화하기 위해 '손 안 닿는 생선 눈깔'과 '달빛 받은 옹기전의 옹기들'을 제시한다. 팔다 남은 생선 눈깔의 빛은 오누이를 둔 어머니의 마음이다. 그 마음이 감각적으로 빛의 덩어리가 되어 빛 발하는 생선 눈깔의 인광에 투사된다. 생선 눈깔은 오들오들 떨면서 자기를 기다리는 아이를 가진 어머니의 다급한 마음과 대응된다. 새벽빛 속에서나 한밤중에 힘들게 오가느라 진주 남강의 물빛조차 맑은지 몰랐을 어머니를 옹기전의 옹기들로 투사시킨다. 달빛이 환기하는 여성적 특징에 옹기의 생김새나 용도가 환기하는 모성적 특징이 결합하여 어머니의 마음을 표현하고 있다.

▶ 아버지에 관한 시

예1)

볼품없이 누워 계신 아버지 /차갑고 반응이 없는 손 /눈은 응시하지 않는다 /입은 말하지 않는다 /오줌의 배출을 대신해주는 도뇨관(導尿管)과 /코에서부터 늘어져 있는 /음식 튜브를 떼어버린다면? //항문과 그 부근을 /물휴지로 닦은 뒤 /더러워진 기저귀 속에 넣어 곱게 접어 /침대 밑 쓰레기통에 버린다 /더럽지 않다 더럽지 않다고 다짐하며 /한쪽 다리를 젖히자 /눈앞에 확 드러나는 /아버지의 치모와 성기 //물수건으로 아버지의 몸을 닦기 시작한다 /엉덩이를, 사타구니를, 허벅지를 닦는다 /간호사의 찡그린 얼굴을 떠올리며 /팔에다 힘을 준다 /손등에 스치는 성기의 끄트머리 /진저리를 치며 동작을 멈춘다 /잠시, 주름져 늘어져 있는 그것을 본다 //내 목숨이 여기서 출발하였으니 /이제는 아버지의 성기를 노래하고 싶다 /활화산의 힘으로 발기하여 /세상에 씨를 뿌린 뭇 남성의 상징을 /이제는 내가 노래해야겠다 /우리는 모두 이것의 힘으로부터 왔다 /지금은 주름져 축 늘어져 있는 /아무런 반응이 없는 하나의 물건 //나는 물수건을 다시짜 와서 /아버지의 마른 하체를 닦기 시작한다

-이승하 '아버지의 성기를 노래하고 싶다' 전문-

▶ 이승하李昇夏 (1960~현재) : 경북 의성에서 출생하여 김천에서 성장. 1984년 중앙일보 신춘문예에 시가 당선되었다. 1988년 중편소설 '설산雪山' 으로 KBS 방송 문학상을 수상했으며, 이듬해 경향신문 신춘문예 소설부문에 당선되었다. 1995년에는 서사음악극 '토지'의 대본을 썼다. 대한민국문학상 신인상과 지훈상 문학부문을 수상. 시집 '사랑의 탐구' '욥의 슬픔을 아시나요' 등이 있다.

▷ 감상 (시인의 변) : 이 시는 시인의 간접체험에 근거한 거짓이라고 밝히고 있다. 시인이 말하듯 우리도 시적 간접체험을 통해 현실의 걱정과 반성을 경험하게 되는 것 같다고 다음과 같이 밝히고 있다

이 시는 완벽한 거짓말입니다. 제 아버님은 이날 이때껏 입원이라는 것을 해본 적이 없습니다. 허리가 많이 안 좋으십니다만 올해도 고향에서 밭농사를 짓고 계신 분입니다. 그런데 이 시를 읽은 많은 독자가 대부분 실제 상황인 줄 알고 제게 물어왔습니다. 부친을 간병하느라 고생이 많았겠다는 위로의 말을 들을 때마다 곤혹스럽기도 하고 미안하기도 했던 기억이 납니다. 이 시는 재미교포 2세인 루이스 최가 쓴 '생명일기 (김유진 옮김, 김영사 간행)'라는 간병기를 보고 제 체험인 양 가져와서 쓴 것입니다. 물론 아버지의 성기 운운하는 대목은 그 책에 나오지 않습니다. 식물인간의 상태가 된 어른을 간병하는 것이 얼마나 힘든 일인지, 여실히 기록되어 있는 그 책을 보고 만약 제 아버지가 저런 상태가 되었다면 나는 어떻게 할 것인가, 상상해보면서 한 편의 시를 썼던 것입니다. 이 시가 시적 진실을 추구하는지 어떤지는 잘 모르겠습니다만 저는 책을 통한 간접체험을 직접체험으로 슬쩍 바꿈으로써 시를 쓸 수 있었습니다. 한 인간의 체험에는 한계가 있는 법인데, 간접체험과 상상력은 그 한계를 무한정 확장해 줍니다.

· 이승하 '시를 잘 쓰기 위한 10가지 방법' 미주 강연中에서 인용

예2)

'술병은 잔에다/ 자기를 계속 따라주면서/ 속을 비워간다// 빈 병은 아무렇게나 버려져/ 길거리나/ 쓰레기장에서 굴러다닌다// 바람이 세게 불던 밤 나는/ 문 밖에서/ 아버지가 흐느끼는 소리를 들었다// 나가보니/ 마루

끝에 쪼그려 앉은/ 빈 소주병이었다'

-공광규 '소주병' 전문-

▶ 공광규 (1960년~현재) : 충남 청양군 출생으로 학력 동국대학교 국
문과 졸. 1986년 동서 문학 '저녁1' 등단. 2009년 제4회 윤동주 상 문
학부문 대상 수상 시집으로 '담장을 허물다' '소주병' 등 다수. 외 평
론집 '여성시 읽기의 행복' 이론서 '시 창작 수업' 등이 있다.

▷ 감상 : 이 시는 대천해수욕장 포장마차에서 조개구이를 안주로 소
주를 마시다가 착상한 것이라고 한다. 빈 소주병을 입에 대고 불면 붕
붕, 하고 우는 소리가 난다. 이 소리를 아버지의 울음소리로 연결시킨
것. 계속 따라 주기만 하다 끝내 버려지는 소주병을 아버지의 삶에 비
유했다.
 -중략-
시인의 아버지도 다른 아버지들처럼 가족의 생계를 위해 애썼다. 평생
도시와 광산으로 떠돌다 농촌에 정착해서 아침저녁으로 일만 했다. 소
주를 마시던 체험과 실패한 인생을 한탄하던 아버지, 그 아버지의 말
년 기억을 교직시켜 만든 것이 이 시다. 우리는 이 시를 읽고 저마다
아버지에 관한 경험 속으로 빠지고, 비슷한 경험의 연대를 통해 무한
한 공감을 얻는다. 요즘 아버지들의 인생은 참 고달프다.

· 고두현의 쌤앤파커스 2018에서 옮겨 적음

예3)

'바쁜 사람들도/ 굳센 사람들도/ 바람과 같던 사람들도/ 집에 돌아오면 아버지가 된다// 어린 것들을 위하여/ 난로에 불을 피우고/ 그네에 작은 못을 박는 아버지가 된다// 저녁 바람에 문을 닫고/ 낙엽을 줍는 아버지가 된다// 세상이 시끄러우면/ 줄에 앉은 참새의 마음으로/ 아버지는 어린 것들의 앞날을 생각한다/ 어린 것들은 아버지의 나라다. 아버지의 동포다// 아버지의 눈에는 눈물이 보이지 않으나/ 아버지가 마시는 술에는 항상/ 보이지 않는 눈물이 절반이다/ 아버지는 가장 외로운 사람이다/ 아버지는 비록 영웅이 될 수도 있지만...// 폭탄을 만드는 사람도/ 감옥을 지키던 사람도/ 술가게의 문을 닫는 사람도// 집에 돌아오면 아버지가 된다/ 아버지의 때는 항상 씻김을 받는다/ 어린것들이 간직한 그 깨끗한 피로'

-김현승 '아버지 마음' 전문-

▶ 김현승金顯承 (1913~1975) : 호는 남풍南風, 다형茶兄으로 광주 출생 1930년대 중반 동아일보에 '쓸쓸한 겨울 저녁이 올 때 당신들은'이라는 작품을 발표하면서 시단에 데뷔. 그의 시는 기독교적인 경건성에 뿌리를 두고 인간 존재의 운명과 내면세계를 주로 노래하였다. 시집으로 '김현승의 시초時抄', '옹호자의 노래', '절대 고독' 등이 있다.

▷ 감상 : 아버지는 가족에 있어서 매우 소중한 존재다. 가족에 대한 희생과 사랑을 아끼지 않는 사람이다. 때로는 고독한 사람이 아버지다. 1연은 아버지는 밖에서는 여러 모습으로 살지만 집에 와서는 보통 가족 단위에서 말하는 아버지의 존재에 대해 언급하고 있다. 2연은 가족을 위해 배려하는 자상한 아버지의 모습을 3연은 가족을 위해서 희

생하는 모습을 4연에서는 가족의 앞날을 걱정하는 아버지의 모습이 언급하고 있다. 5연에서는 아버지의 고독, 6·7연에서는 집에서의 아버지의 존재 및 가족에게서 위안 받는 아버지의 모습이 잘 드러난다. 특히 평범한 시어와 평이한 어조로 가족을 위해 말없이 희생하고 헌신하는 아버지의 모습을 담담하게 그림으로써 잔잔한 감동을 전해준다.

예4)
어떤 아버지가 마신 술은 /절반이 /눈물이었다고 한다 /그러나 /우리 아버지가 마신 물의 /팔할은 /땀이었다 /눈물보다 땀이 더 짜다 //아버지의 위대한 밥상에서 숟가락 부딪치는 /자식들

-정성수 '불효-아버지1' 전문-

▶ 정성수鄭城守 (1946~현재) : 1994년 서울신문으로 문단에 나왔다. 한국교육신문 신춘문예 동시 '콧구멍 파는 재미', 전북도민일보 신춘문예 시 '배롱나무꽃', 창조문학신문 신춘문예 시 '되창문'이 당선되었다. 저서로는 시집 '사랑 앞에 무릎 꿇은 당신' 등 60권이 있으며 수상은 세종문화상, 소월시문학대상. 아르코문학창작기금 수혜가 있다. 전주대학교 사범대학 겸임교수를 역임했다. 현재는 전주비전대학교 운영교수로 후진 양성을 하고 있다

▷ 감상 : 이 시는 아버지가 마신 술을 회상하는 정경이 회색빛으로 다가온다. 아버지의 술은 축제도 아니고 그림도 아니다. 삶에 찌든 소금같이 짜디짠 일생이 자식들의 밥상에 오버랩되어 효를 생각하게 한다. 부자지간의 사랑을 한 차원 상승시키고 있다. 그러므로 부자자효父慈子孝의 윤리관으로 대표되는 관습적인 차원을 뛰어넘어 한 차원 더

깊어진 애정의 경지에 도달한다. 피상적 의미를 벗어나 화자와 아버지의 새 만남을 촉진시키고 조명하는 근원적인 사랑이 선명하다.

예5)
시간을 초월한 채/어머니의 초상을/살며시 더듬어 본다//팔십을 살아온/그 얼굴 그렇게/그리고 그려도/눈앞에 아물거리고/못내 그 형상을/그려낼 수 없어 안타까워라//내 살아온 목숨의/시간만큼이나 그토록/정겹고 그리웠던/얼굴, 드높은 하늘이다

▶ 연규석延圭錫 (1937~현재) : 경북 군위군 소보면 송원리 출생으로 초등학교는 고향에서 중·고교는 한양에서 졸업하고 대학을 진학하여 다니고 있을 때 길거리 검문에서 병역기피로 잡혀 그 길로 논산훈련소로 갔다. 오산에 있는 고사포여단에서 근무하다가 카투사로 발령, 춘천 2군단 군사고문단에서 전역했다. 도서출판 유림사를 창립하였고 현재는 도서출판 고글을 운영하고 있다. 1995년에 수필(포스트모던), 2006년에 시(한맥문학)으로 등단했다. 시집 '목탁새'를 상재하고 한국문인협회 정책개발위원, 연천문인협회장을 역임하고 현재는 연천향토문학발굴위원회 회장으로 활동하고 있다.

▷ 감상 : 시 '어머니의 초상'은 곧고 아름다운 마음으로 살아가신 어머니에 대한 추억과 그리움을 평이한 시어로 담담하게 서술하고 있다. 화자는 상상력을 통해 어머니의 선한 마음을 시로 승화시키고 있다. 또한 어머니는 화자에게 사랑하라는 마음을 주신 것으로 묘사해 이 세상에서 가장 소중한 존재가 어머니라는 사실을 깨닫게 한다.

7. '효孝'에 대한 수필과 칼럼

▶ 효 수필

· 어머니에 대한 효 수필 '달챙이 숟가락'

　어머니의 기일이다. 아내가 제사상을 차렸다. 제사상이라고 해야 제수진설법에 의해 차린 것이 아니다. 소반 위에 영정을 모셔놓고 양쪽으로 촛불을 켜 놓았다. 영정 앞에는 꽃바구니가 자리를 잡았다. 어머니가 좋아하시던 장미와 안개꽃을 장식한 꽃바구니다. 살아생전에 꽃을 좋아하신 어머니였다. 추석 성묘나 어머니의 묘소에 갈 일이 있으면 우리 형제들은 국화가 아닌 꽃다발을 만들어 가지고 갔다. 제사상에 놓은 가지가지 꽃들을 섞어 만든 꽃바구니를 내려다보는 어머니는 금방이라도 웃으시며 걸어 나올 것 같다. 꽃바구니 앞, 하얀 접시에 놓은 숟가락이 눈에 띄었다. 한눈에 봐도 어머니의 달챙이 숟가락이었다. 순간 뜨거운 것이 울컥하더니 목구멍을 막았다.

　오늘 낮에 찬장 속을 정리하다가 눈에 띄었다고 한다. 마침 어머니의 기일이어서 제사상에 올려놨다는 아내의 말이다. 어머니의 달챙이 숟가락을 바라보는 우리 육남매는 아무 말이 없었다. 서로의 가슴속에서 어머니의 달챙이 숟가락이 어머니를 추억하고 있었다. 어머니의 달챙이 숟가락이 자식들의 가슴 속에서 누룽지를 긁고 있었다. 따뜻한 것은 누룽지가 아니라 닳고 닳은 달챙이 숟가락이었다. 달챙이 숟가락은 생이 무너졌어도 향기가 있고 울림이 있었다.

달챙이 숟가락은 어머니의 분신 같은 것이었다. 어머니의 달챙이 숟가락은 여름철 하지감자를 긁거나 김장을 할 때 배추뿌리나, 무, 생강 껍질을 벗겼다. 그런가 하면 고구마도 바닥에 놓고 득득 긁으면 탱글탱글한 속살을 보여줬다. 이처럼 달챙이 숟가락은 한 몫을 할 때가 많았다. 껍질을 벗길 때 칼보다는 달챙이 숟가락이 효용 가치가 컸다. 칼로 껍질을 잘못 벗기면 껍질보다 속살이 두텁게 깎여져 나가기도 한다. 그러나 달챙이 숟가락은 겉껍질만 살짝 긁어내어 허실을 적게 한다. 특히 감자나 생강을 깎을 때는 달챙이 숟가락의 끝부분에 대고 살살 돌리거나 긁으면 껍질이 잘 벗겨진다. 그런가하면 씨눈이나 상한 부분을 오려내는 데도 그만이다. 울퉁불퉁하여 껍질을 깎아내기 어려운 생강도 달챙이 숟가락으로 좁은 골을 따라가면 구석구석을 긁어낼 수 있다. 늙은 호박 껍질도 달챙이 숟가락 앞에서는 고분고분하다. 밥솥 바닥에 눌어붙은 깜밥은 달챙이 숟가락이 있어야 쉽게 긁을 수 있다.

달챙이 숟가락은 끝이 닳아서 반달같이 생긴 숟가락이다. 그것을 전라도 지방에서는 '달챙이 숟가락'이라고 부른다. 그런가 하면 충청도 지방에서는 '모지랑 숟가락'이라고 한다. 이 말은 '모지랑'과 '숟가락'의 합성어다. '모지랑'은 '모지라지다'라는 뜻으로 '물건의 끝이 닳아서 없어지다'이다. 말 그대로 '모지라진 숟가락'이란 뜻이다. 보통 숟가락이 보름달이라면 달챙이 숟가락은 반달이었다가 세월에 부대끼면서 그믐달이 되고 종당에는 끝이 뭉툭한 달챙이 숟가락이 된다.

달챙이 숟가락은 무쇠 솥 바닥을 긁는 때 진가가 확연히 드러난다. 밥을 다 푸고 난 다음 누룽지를 긁어낼 때 달챙이 숟가락을 대신할 수 있는 것은 없을 것이다. 어머니가 달챙이 숟가락으로 누룽지 긁는 소리는 주전부리가 흔치 않았던 시절 자식들에게 최고의 복음이었다. 나는 가끔 어머니가 저녁밥을 지으려고 아궁이에 불을 땔 때 옆에서 쭈그리고 앉아 아궁이를 바라보았다. 활활 타는 불빛을 바라보는 어머니의 얼굴은 새색시 얼굴처럼 환했다. 말없이 불을 때고 있는 어머니는 지금 무슨 생각을 하고 있을까? 어머니는 왜 불 앞에서 입을 다물고 있을까? 하고 궁금해한 적이 있었다. 코밑수염이 구둣솔처럼 자라면서 어머니는 그때 첫사랑을 생각하고 있었는지도 모른다고 생각했다. 그런 생각을 하게 된 것은 내가 첫사랑에 열병을 앓고 있었던 때였다. 지금도 목을 움츠리고 서로의 얼굴을 보며 웃는 젊은이들을 보면 저녁 아궁이의 불빛을 보는 것 같다. 할 수만 있다면 젊은이들의 사랑이 깨지지 않기를 바라며 어머니의 달챙이 숟가락으로 긁은 누룽지 한 볼탱이를 선물하고 싶다.

초등학교 시절 어느 여름날이었다. 학교가 파하고 집에 돌아왔다. 대문에 들어서기도 전에 배속에서는 개구리들이 울고 있었다. 책보를 마루에 집어던지고 부엌으로 달려갔다. 마침 어머니가 계셨다. 어머니는 달챙이 숟가락을 들고 계셨다. 나는 어머니가 방금 누룽지를 긁었다는 것을 눈치챘다. 어머니가 들고 있는 달챙이 숟가락 끝에 아직도 붙어 있는 밥풀을 보았기 때문이다. 내 눈치를 챈 어머니는 살강 위에 엎어 놓은 밥그릇을 들추더니 한 볼탱이가 될까 말까 한 누룽지를 내 주셨다. 아직도 온기가 남아 있었다. 보리밥을 긁은 것이었다. 보리누룽지를 한 입에 몰아넣고 우물거리자 어머니는 급히 먹다 체한다고 천천히 먹으라고 했다. 동생들이 오기 전에 먹어야 빼앗기지 않을 것이라는 생각으로 제대로 씹지도 않고 한순간에 먹은 것이다. 이때 대문에서 동생들이 우르르 들어왔다. 나는 아무일 없었다는 듯이 입을 쓰윽 닦고 부엌을 나왔다. 바로 아래 동생이 "형? 누룽지 먹었지?" 나는 시치미를 뚝 떼고 동생에게 "누룽지 좋아하시네? 눌밥 푸기도 모자란단다. 알았냐 잉?" 큰소리를 치고는 돌아서면서 양심에 찔렸다.

　나이가 들면서 어머니는 달챙이 숟가락으로 과일을 긁어 드셨다. 어머니의 젊은 시절 시어머니께서 달챙이 숟가락을 사용했던 것처럼 과일을 긁어 과즙이 흥건하게 담긴 숟가락을 입에 넣기도 했다. 잇몸 부실한 어머니에게 달챙이 숟가락은 효자 노릇을 했다. 지금 제사상에 놓은 어머니의 달챙이 숟가락은 자식들에게 "늙어 용도 폐기가 될지라도 억울해하지 말고 유용하게 쓰이는 사람이 되어라." 라고 말하고 있었다.

　인간들은 누구나 태어날 때 숟가락을 하나씩 들고 이 세상에 온다고 한다. 그것은 먹고 살아야 한다는 뜻이고 먹고 살기 위해서는 숟가락이 달챙이 숟가락이 될 때까지 땀을 흘려야 한다는 것이다. 영정 속의 어머니가 한 번 만져 보기라도 하자는 듯 달챙이 숟가락으로 손을 뻗는다. 아직도 쓸 만하니 버리지 말라고 당부하는 어머니의 목소리가 들려온다. 나는 어머니의 달챙이 숟가락을 오랫동안 바라보았다.

-정성수 제18회공무원문예대전수필부문인사혁신처장상수상작 전문-

· 아버지에 대한 효 수필 '아버지의 지게'

　나팔꽃, 논냉이, 개별꽃, 자운영, 벚꽃 등 사월의 꽃이 떨어지면서 오월의 꽃이 핀다. 영산홍, 클로버, 씀바귀, 탱자나무꽃, 아카시아, 이팝나무꽃, 꽃과 꽃들이 앞을 다투어 오월이 왔다고 아우성이다. 오월의 하늘은 맑고 사람들은 산뜻하다. 무논에는 개구리 가족이 네 활개를 저으며 꽈리를 불어대는 것을 보니 이래서 오월은 가정의 달인가 보다. 어머니가 돌아가신 후로 시골집을 찾아가는 걸음이 뜸해졌다. 그것은 어머니가 없는 집은 이미 집이 아니기 때문이었다. 그러고 보면 어머니가 계시지 않은 집은 세상 밖으로 나오는 통로였는지도 모른다. 아버지조차 계시지 않는 집은 더욱 썰렁하다. 헛청에 무릎을 꿇고 있는 저 지게. 주인 잃은 지게가 봄이 온 지가 벌써 언제인데 나를 여기에 처박아 두기만 할 것이냐고 입이 한 자나 나와 있다. 어서 논밭에 나가 봐야 한다고 아버지는 어디 출타라도 하신 것이냐며 불만스럽다.

　전라도 함열 땅에서 대대로 살아온 아버지의 지게는 동발과 동발 사이가 넓고 지게 자체를 지는 사람 쪽으로 구부려 놓았다는 점에서 다른 평야 지대의 지게와 구분이 된다. 가지가 조금 위로 뻗은 자연목 두 개를 위는 좁고 아래는 벌어지도록 세우고 사이사이에 세장을 끼웠다. 그리고는 탕개로 죄어서 고정시키고 아래로 멜빵을 걸어 어깨에 멘다. 등이 닿는 부분에는 짚으로 두툼하게 짠 등태를 달아놓았다. 이 지게를 세울 때는 끝이 가위다리처럼 벌어진 작대기를 세장에 걸어 땅바닥을 버틴다. 지게는 두 개의 목발과 작대기의 삼각 구조로써 짐을 안정되게 유지할 수 있다. 지게가 운반에 편리한 이유는 온몸으로 짐의 하중을 분산하기 때문이다. 짚으로 된 탕개는 등을 편하게 해준다.

　지게의 백미는 역시 작대기에 있다, 작대기는 지게를 받치는 역할과 동시에 무거운 짐을 실었을 때 작대기에 힘을 주고 딛고 일어서는 지팡이 역할을 한다. 또한 작대기는 부피가 큰 짐을 지고 갈 때 몸의 중심을 잡아주는 역할을 하기도 한다. 그뿐이 아니다. 고된 하룻길을 돌아오는 지게가 빈 지게일 때 지팡이는 지겟다리를 두드리며 콧노래를 불러내기도 한다. 그 콧노래는 때로는 한이었다가 즐거움이었다가 눈물이 되기도 한다. 그런 지게는 자기 몸에 맞아야 힘을 쓸 수가 있기 때문에 손수 만들어야 한다고 하시던 아버지. 이런 지게의 주인인 아버지는 치매 병원에서 기약 없는 날을 보내고 있다. 굵은 다리와 떡 벌어진 어깨를 가지셨던 아버지. 가는 세월을 이길 장사가 없다고 세월의 무게를 이기지 못하고 징역살이 아닌 징역살이를 하고 있는 것이다. 이런 주인의 처지를 모르는 지게는 겨울을 견디어 냈으니 어김없이 아버지의 등에 업혀 논밭으로 종횡무진 일거리를 찾아 나설 것이라고 생각하고 있었던 것이다. 때가 되어 일을 한다는 것은 지게에게는 즐거움이었고 보람이었다.

　초등학교 시절, 어느 날인가 밭에 나가 장다리를 한 바지게 지고 오는 아버지의 지게 뒤를 배추흰나비가 따라오고 있었다. 배추흰나비는 아버지가 발자국을 띨 때마다 출렁이는 장다리꽃을 따라 나풀나풀 춤을 추며 우리 집 안마당까지 따라오는 것이었다. 지게가 정미소에서 쌀가마니를 지고 오는 햇볕 따가운 가을날에는 이밥을 배부르게 먹기도 했고 어머니가 긁어주는 누룽지를 한 볼탱이 물고 골목길을 뛰어다니기도 했다. 아궁이에 불을 지필 나무가 없으면 아버지는 산에 나무를 하러 가시고는 했는데 어느 때는 청솔가지 한 바지게를 지고 와서는 추우면 안 된다고 우리 형제들이 기거하는 방에 매운 연기에 눈을 비비며 군불을 때주시기도 하였다. 아버지의 지게는 우리 집 호구를 책임지기도 했고 자식 육 남매를 가르치는 "돈 나와라, 뚝딱!"이라는 도깨비 방망이기도 했다. 어릴 적 아버지는 지게 뒤에 태워 주시곤 하셨는데 그게 그렇게 재미있을 수가 없었다. 지게 위에서 아버지의 뒤를 따라 오는 어머니에게 손을 흔들며 좋아했다.

지금 내가 아버지가 되어서 생각하니 그때의 아버지 마음을 조금은 헤아릴 것 같다. 그런 아버지의 지게가 이 봄, 헛청에서 주인을 잃은 채 논밭으로 나가자고, 나가게 해달라고 보채는 것을 본다. 아버지의 삶을 짓눌렀을 멜빵에, 아버지의 등을 휘게 했을 지게의 등태에 내 손을 얹어본다. 아버지의 힘들었을 시간과 보람이 한꺼번에 전해오기도 한다. 오랜 시간 주인을 기다리던 작대기는 지쳐 어디론가 사라졌다. 장다리꽃을 얹혀 오던 바지게도 다 헤졌다. 멜빵도 금방이라도 끊어질 듯이 낡아 있다. 이 지게는 아버지의 굴레이자 멍에이기도 하였다. 몸으로 때워야 했던 아버지의 젊은 시절은 어머니의 얼굴을 보는 시간보다 지게에 등을 대는 시간이 더 많았다.

지게는 아버지의 분신이었다. 아버지의 지게는 늘 어깨와 등에 걸쳐 전신의 힘으로 무거운 짐을 들 수 있도록 허리에 무게 중심을 잡고 있었다. 일어설 수만 있다면 아버지의 몸무게 두 배 이상까지도 너끈했다. 그래서 왼쪽 지겟다리는 무게 중심을 잡느라 유난히도 까맣고 번들거렸다. 그것은 짐을 지고 일어설 때 왼손으로 지겟다리를 잡고 균형을 잡으며 작대기를 오른손에 잡고 순간 힘을 주면 지게는 일어서기 때문이다. 등태 역시 늘 반들거렸다.

오늘날 아버지가 치매 병원에 계시는 것도 다 젊은 나이부터 이골이 난 지게질 때문에 몸의 진기가 빠진 탓이다. 아버지의 지게는 나뭇단을 지고 산비탈을 뒤뚱뒤뚱 내려오기도 했고 지겟발이 볏단에 걸려 논바닥에 나뒹굴기도 했다. 아버지는 동산이 밝아지기도 전에 바쁘게 자리를 떨고 일어나서 야산이나 논둑에 나가 풀을 한 짐 해서 안개 낀 식전 길을 돌아오는 것이었다. 풀단이 퇴비가 되면 맨손으로 논에 뿌리거나 밭둑에 쌓아 놓고 흐뭇하게 바라보기도 했다. 그리고 너희만은 애비를 닮지 말고 공부해야 사람 구실을 한다고 말을 하곤 했다. 자식들에게 가난을 물려주지 않으려고 사방팔방 헤집고 다녔던 아버지의 지게. 이제 진액까지 다 빠진 채 헛청에 쓰러져 썩어간다. 누가 저 자욱한 먼지를 털어 일으켜 줄 것인가!

　오늘, 나는 아버지의 지게를 보면서 세상 모든 아버지들의 지게는 다 같다고 생각한다. 해질 무렵 아버지가 헛청에 지게를 내려놓고 왜 내게 등물을 시켰는지 내 이름을 한 번씩 불러보셨는지 나이 사십이 넘어서 알게 되었다. 적막하디 적막한 등짝에 낙인처럼 찍혀 지워지지 않는 멜빵 자국이며 등짝의 시커먼 굳은살을 본 것은 아버지를 치매 병원에서 목욕을 시켜 드릴 때 처음이었다. 그 자국을 바라보면서 언젠가 아버지의 "농사꾼은 죽으면 어깨와 등부터 썩는다."는 말이 콧등에 걸려 시큰했다. 짐을 지고 길을 가면 장딴지에 푸른 핏줄이 꿈틀거리는 농사꾼, 그게 우리 아버지였다. 늦게라도 철들은 사람들은 허전하고 할 일 없는 날은 아버지의 지게를 져 볼 일이다. 늙고 병든 우리들의 아버지가 이제 고려장을 시켜달라고 지게처럼 보챌 것이다.

-정성수 제11회공무원문예대전수필부문행정안전부장관상 수상작 전문-

▶ 효 칼럼

· 용비어천가에서 배우는 삶의 지혜

　　용비어천가龍飛御天歌는 훈민정음을 반포하기 1년 전인 1445년에 완성되었다. 세종은 '용비어천가'에서 사적事績이 널리 알려지지 않았음을 염려해 박팽년朴彭年·강희안姜希顔·신숙주申叔舟·최항崔恒 등에게 명하여 자세한 주해를 붙이도록 했다.

　　'뿌리 깊은 나무는 바람에 흔들리지 아니할세…' 세종대왕이 한글을 창제하고 한글로 지은 최초의 서사시 용비어천가의 첫 구절이다. 용비어천가에서 알 수 있듯이 나무는 뿌리가 생명이다. 뿌리가 살아있어야 나무가 생명을 부지할 수 있다. 싱싱한 나무는 물론 고목나무가 꽃을 피우기 위해서는 생명이 있어야 하고 생명이 있기 위해서는 뿌리가 썩지 않아야 한다. 모든 식물은 뿌리가 깊이 박혀야 튼튼한 식물이 된다. 뿌리가 깊으면 비바람이 불어도 넘어지지 않는다. 깊은 뿌리를 갖은 식물은 가문에도 말라 죽지 않는다.

　　대표적인 것이 대나무다. 대나무의 생명력은 어디에서 나올까? 대나무는 죽순을 내밀기 시작하면 하루에 20 ~ 30cm씩 쑥쑥 뻗어 오르는 특성이 있다. 일반적인 나무는 뿌리와 함께 줄기도 자라지만, 대나무는 죽순이 나기 전 땅속에서 뿌리를 내리는 데만 2~5년의 세월이 걸린다. 이처럼 수년간 땅속 깊숙이 내린 뿌리 때문에 장마에도 쓰러지지 않을 뿐만 아니라 많은 자양분을 빨아올려 순식간에 높이 자란다. 대나무의 질긴 생명력은 타의 추종을 불허한다. 일본 히로시마의 원자폭탄이 떨어진 자리에서도, 월남 전쟁의 고엽제 속에서도 꿋꿋하게 살

185

아남아 유일하게 싹을 틔운 식물이 바로 대나무다. 그 비밀은 땅속에서 뻗어 나가는 뿌리의 견고함에 있다. 왕대나무의 땅속줄기는 길이가 무려 6km 이상이라고 한다.

항간에 떠도는 글 한편을 소개한다. "소나무 씨앗 두 개가 있었다. 하나는 떨어져 흙속에 묻히고 다른 하나는 바위틈에 떨어졌다. 흙 속 씨앗은 곧장 싹을 틔우고 자랐지만 바위틈에 떨어진 씨앗은 잘 자라지 못했다. 흙속의 소나무가 나는 이처럼 크게 자라는데 너는 왜 그 모양이냐고 빈정댔다. 바위틈에 자리 잡은 소나무는 아무 말도 하지 않고 깊이깊이 뿌리를 내리는 것이었다.

그러던 어느 날 태풍이 왔다. 비바람이 몰아치자 많은 나무들이 뽑히고 꺾어지고 난리가 났다. 그럼에도 불구하고 바위틈에서 자라나는 소나무는 꿋꿋했다. 흙에 있는 소나무는 그만 쓰러지고 말았다. 바위틈에 서 있던 소나무가 말했다. '내가 그토록 모질고 아프게 살았는지 이제 알겠지?' 쓰러진 소나무는 뿌리가 튼튼하려면 아픔과 시련을 이겨내야 한다는 것을 비로소 깨달았다."는 이야기다.

우리가 간과해서 안 되는 것은 뿌리 없는 나무가 없고 뿌리가 깊어야 나무가 무성하듯 나를 있게 한 조상들을 잊지 말아야 한다는 것이다. 자기 조상은 바로 자기 뿌리다. 지구상에서 가장 소중한 자신을 낳아준 분이 바로 제 조상이다. 그럼에도 불구하고 사람들은 '부지하처소종래不知何處所從來'다. 즉 제 몸이 어디로부터 왔는지 생각하는 사람이 없다는 것이다. 요즘은 귀찮아서 성묘도 안 간다는 세상이다. 성현들이 말하는 '망기본忘其本'이다.

조상과 자손은 뿌리와 열매의 관계다. 조상인 뿌리로 모든 영양분을 받아 마지막 열매인 자손이 탄생하는 것이다. 자손이 조상인 뿌리를 부정하면 스스로가 생명을 끊는 것과 다름없다. 만약 나무에 열매가 맺히지 않으면 그것은 나무가 아니라고 할 수 있는 것과 마찬가지다. 완성된 열매가 없으면 나무 의미 자체가 허상이기 때문이다. 결국 조상의 의미 자체가 없다고 볼 수 있다. 그러기 때문에 조상과 자손의 관계는 떼려야 뗄 수 없는 불가분의 관계다.

자신의 조상을 알고 나의 존재가 우연한 생명이 아니라 소중하고 자랑스럽다는 것을 깨달아야 한다. 앞으로 대를 이어 영원히 이어질 것이라는 걸 인식할 때 생각의 깊이가 달라지고 행동도 진중해짐은 말할 나위가 없다. 그뿐만 아니라 동시대를 사는 종친宗親들과 교류하면서 화목하게 지낼 때 나의 좌표를 알게 될 것이다. 이는 오직 부모세대가 자녀세대에게 할 수 있는 교육이며 삶의 근간이다. 조상은 나의 뿌리다. 뿌리 없이 모든 생명체가 살 수 없듯이 우리의 삶 자체를 조상이라고 하는 뿌리를 외면하면 될 일도 안 될 것이다.

자살하는 동물은 오직 인간뿐이다. 인간들만이 스스로 자기의 목숨을 끊어 영생의 고리를 잘라내는 악업을 행한다. 삶의 원동력인 생기가 부족하거나 생기를 받지 못할 때 자살을 한다는 것이다. 인간이 생활하는데 햇볕, 공기, 물 등과 같은 자연적 요소와 꿈, 야망, 사랑과 같은 형이상학적인 요소가 있다. 동물은 생리적 조건만 갖춰지면 성장하고 번성하나, 영혼을 지닌 인간은 정신적·정서적 생기까지 갖춰야살 수 있다. 여기에 집안이 번성하고 사업이 잘되고 후손들이 건강한 것은 따지고 보면 조상의 음덕이다. 그러기 때문에 조상은 하늘처럼 높은 존재다. 따라서 인간이라면 제 조상을 잘 받들어야 한다.

오늘의 현실은 안타깝게도 부모도 몰라보고 형제자매도 이웃사촌만도 못한 먼 친척이 되었다. 오직 내 가족만 알고 있다. 어디서 온 풍습이며 이로 인해 조상에게서 받을 벌을 어떻게 감당할 것인가!

사람은 태어나면 부모를 만나게 되고 자식이 태어나는 윤회생사는 계속된다. 현재의 내가 머지않은 날 조상이 된다. 우리가 부모와 조상에게 들이는 정성과 기도는 당연하다. 조상은 내 뿌리이고 나는 후손의 뿌리이기 때문이다. 뿌리가 없는 나무는 없다는 것을 아는 우리는 조상이라고 하는 뿌리를 잊지 말아야 한다. 사람들은 활짝 핀 꽃과 잘 익은 열매나 과일을 보고 그 나무를 평가한다. 그러나 땅속 깊이 박힌 뿌리의 수고로움을 보지 못한다.

8. 효孝교육은 인성교육의 지름길

많은 학자들은 현대사회를 핵가족 시대를 거쳐 정보화 시대를 통과해 정통성을 무시한 임기응변식 포스트모더니즘Postmodernism(탈 근대주의)시대로 접어들었다고 진단한다. 인성에는 습관과 상황에 따라서 변하는 가변성이 있음에도 불구하고 인간으로 순수한 선의 의지는 변함이 없으나 현실 상황에 따른 윤리적 행위는 변할 수 있다고 생각하는 것이다. 현대에서 효孝는 사회적 요청과 시대적 흐름에도 불구하고 바뀔 수 없다. 자기실현으로 부모님을 기쁘게 해드리는 것이라든가, 사랑 정신으로 가족과 이웃의 배려와 나눔으로 행복을 찾는 것은 시대에 맞는 효孝라고 볼 수 있다. 부모와의 천륜 관계로 효孝의 본질 면에서 가치 체계는 동서고금을 통해서도 변할 수 없는 불변의 가치와 내용을 가져야 한다. 이것은 어떠한 이유에서든 자식 된 도리로 부모님을 정성껏 모시고 섬겨야 된다는 윤리 체계라 볼 수 있으며 변할 수 없는 관습이기도 하다.

최근 우리나라는 윤리적 질서가 급격히 무너져 학교에서는 학교폭력, 집단 괴롭힘을 비롯해서 스승과 제자간의 공경심 붕괴와 괴리가 발생하고 사회에서는 성폭력, 노인 학대, 묻지마 폭행 등 가족, 학교, 사회 전체가 도덕적 위기를 맞고 있다. 이에 교원단체는 물론 정부에서도 어느 때 보다 인성교육이 절대적으로 필요하다고 강조하며 목소리를 높이고 있다. 부모와 자식은 천륜의 관계로 가정교육 중심은 말할 것 없이 부모다. 부모가 자식에게 훈육하는 기본이 바로 효孝 교육이다. 효孝는 것을 어릴 때부터 머리와 가슴에 심어줄 때 일상생활에서 자연스럽게 나타난다. 어린이나 청소년들은 돋아나는 새싹처럼 연약하여 자신의 의지보다 외부로부터 보고 들은 것을 쉽게 받아들인다. 그러기 때문에 부모와 어른들은 모범을 보이고 바른 행동을 해야 하는 것이 도리다. 효孝를 실천하는 것은 자신의 정체성을 찾고 확인하는 행위로서 사회 구성원의 일원으로서 권리와 의무를 다하는 것이기도 하다. 이것은 자신의 존엄성과 다른 사람으로부터 객관적으로 인정받는 행위라 할 수 있다. 또한 부모님께 효도하는 것은 크나큰 행복이며, 반대로 부모를 공경하지 않는 것은 스스로 나를 부정하는 행위다. 그런 이유로 인성교육의 기본이자 중심은 바로 효孝교육이다.

　불변의 효孝 윤리 체계를 바탕으로 마음속에서 우러나오는 효孝를 실천하게 함으로써 행복한 가정 밝은 사회로 나가야 한다. 효孝를 행함은 기본적 인간의 도리를 하는 것으로 자기완성의 길임에 틀림없다.

9. '효孝'의 가치와 실천

　효의 핵심은 전통적으로 내려오는 유교 윤리의 삼강오륜三綱五倫 중하나인 부자유친父子有親이다. 부자유친은 부모와 자식 간의 행동 규범으로 친親이라고 한다. 송나라 유학자 주희朱熹는 부자자효父慈子孝라고 했다. 부자자효의 자慈는 부모의 자식에 대한 사랑을, 효孝는 자식이 부모를 모시고 받드는 태도를 말한다. 부자자효父慈子孝를 뒤집으면 효자자부孝子慈父로 효도를 받고 싶으면 사랑을 베풀어야 한다는 것이다, 나의 부모에게 최선을 다하는 모습을 보고 자란 자식은 분명 나에게 효도할 것이기 때문이다. 끝없는 사랑을 자식에게 보낸 부모에게는 자식의 효가 돌아올 것이 자명하다. 효는 부모와 자식 사이를 지탱해주는 기본 윤리이기 때문에 가족으로부터 친족은 물론 민족 더 나아가 인류의 인간관계로 확대되어 삶을 따뜻하고 윤택하게 해주는데 기여할 것이다.

오늘날 과학 및 정보 나아가 IT는 물론 AI 기술의 급격한 발달은 전통 사회의 모습과 생활 방식, 전통윤리 의식을 급속도로 변하게 만들었다. 이런 변화에 편승해서 사람들은 문화적 전통과 윤리적 전통을 진부하고, 고루하고, 시대에 뒤떨어진 낡은 것으로 배척하려고 한다. 어떤 사람들은 도덕적 규범을 전통 문화와 연결시켜 생각하는 것을 비합리적이고 수구적이며, 보수적이라고 매도하기도 한다. 새 술은 새 부대에 담아야 한다며 새로운 윤리가 나와야 한다는 이론을 편다. 이러한 생각들은 문제를 내포하고 있다. 그러나 인류의 중요하고 의미 있는 개혁과 발전이나 위대한 혁명조차 기본적인 정신은 전통 문화에 뿌리를 두고 있다는 사실을 알아야 한다.

논어의 위정편爲政篇에 '온고이지신 가이위사의溫故而知新 可而爲師矣'라고 했다. 이 말은 '옛것을 익혀 새것을 안다면, 남의 스승이 될 수 있다'는 뜻이다. 인간의 삶에서 발전과 변화는 전통문화에서 단절되면 성공을 이룰 수 없음을 의미한다고 할 수 있다. 그러기 때문에 현대의 도덕적 위기를 극복하고 새로운 도덕을 밝히기 위해서 우리의 전통문화 속에 담겨 있고 면면히 흘러오고 있는 도덕적 가치들을 되찾아 살려야 한다. 그러나 전통문화를 중시해야 한다고 해서 시대의 변화를 인정하지 않고 과거의 것만 고집하는 것은 오히려 시대를 역행하는 우매한 행동이다. 이제 열린 마음으로 새로운 도전을 하며 수용할 것은 수용한다. 다만 세계화 및 보편화라는 이름 아래 민족 문화의 저변에 흐르는 보석들을 맹목적으로 불신하는 우를 범해서는 안 된다. 오히려 전통적 가치를 되살리는 지혜를 발휘할 때 오늘날 당면하고 있는 윤리적 위기를 극복할 수 있는 것이다.

지금까지 우리나라는 노인 문제를 단순한 사회구조 변화의 산물 정도로 여겨 왔다는 게 중론이다. 이는 의료기술의 발달과 레저스포츠의 확대로 평균 수명이 연장되고 이에 따라 노인 인구가 증가한 종합적인 결과라고 하는 안이한 생각의 결과였다. 그러다가 최근에 와서야 노인 복지에 눈을 돌리고 아울러 우리 고유의 정신문화인 효심 부활에 역량을 모으고 있어 그나마 다행이다.

여기에서 간과해서는 안 될 것은 우리나라의 노인 문제는 점점 심각해지고 있다는 것이다. 핵가족 제도의 발달로 고부간의 갈등에 따른 불화, 젊은이들의 경로사상의 약화 또는 경시 등으로 노인들이 소외감, 고독감 등을 부채질하고 나아가 노인들을 짐스러워하는 사회 풍조까지 만연하고 있다는 것은 아직도 효가 제자리걸음을 하고 있다는 방증이다.

사람은 태어나면서 부모 자식 사이의 천륜 관계가 성립되어서 주는 자와 받는 자로 사회적 대인 관계가 시작된다. 그러므로 부모는 자식 사랑과 자식은 부모에 대한 효는 인간관계의 기본 바탕이 된다. 여기서 우리는 자식 사랑의 핵심은 자식은 부모의 소유물이 아닌 독립적 인간이라는 사실을 인식하고 효의 핵심은 경애와 존중으로 인간 형성의 과정의 필수적 요건임을 발견한다. 그러기 때문에 자식 사랑과 부모에 대한 효는 사람으로 살아가는 길과 인간관계의 방법을 제시해 주는 도덕으로 자리매김하는 것이다.

효의 실천은 어렵거나 거창한 것이 아니다. 마음먹기에 따라 얼마든지 효를 할 수 있다. 예를 들면 부모님의 끝없는 사랑과 은혜를 이해하고 감사하는 마음을 가지고 부모님이 근심 · 걱정을 하지 않도록 한다거나 부모님의 마음을 이해하고 순종하는 태도를 가지면서 부모님의 기분을 상하지 않게 하며 부모님의 마음을 기쁘게 해드리려고 노력하면 되는 것이다. 나아가 이웃 어른들을 공경하고 말과 행동을 공손하게 하여 예의 바른 사람이 되도록 한다. 그뿐만 아니라 부모님을 살아생전에 편히 모시겠다는 마음을 갖는다.

영국의 사회개혁가 석학 '아놀드 토인비Arnold Toynbee'는 '한국에 생명수가 있다. 그것은 바로 효孝다'라고 말했다. 우리나라 전통 사상의 핵심이라고 할 수 있는 효가 중국에서 유교 사상과 함께 전래된 것이라고 주장하는 사람들도 있지만, 사실은 유교 사상이 들어오기 이전부터 있었던 우리 민족 고유의 정신이었다. 민족 고유의 정신은 바로 하늘을 숭배하고 조상을 섬기며 사람을 사랑하는 것이 우리 민족 고유 사상인 경천애인敬天愛人이며 샤머니즘Shamanism의 핵심이었다.

그러므로 효孝는 우리 민족 신앙 정신이라고 할 수 있다. 이것이 불교에 의해 살이 더해지고, 유교에 의해 옷이 입혀졌을 뿐이다.

효孝가 우리 전통 사회에서 중요한 윤리의 핵심이었다는 사실은 수

많은 역사적 진실들에서 쉽게 알 수 있다. 삼국 시대 신라에서 충忠과 효孝를 위해 목숨을 바친 수많은 화랑花郞들의 이야기와 고려와 조선을 거치면서 선조들이 효孝를 권장하기 위해 세워진 많은 징표들이 대변해 주고 있다. 우리나라가 진정한 선진국이 되려면 물질적인 면과 정신적인 면이 균형적으로 발전해야 함은 두말할 나위가 없다. 이미 선진국 대열에 들어있는 경제적인 면에 비해 크게 뒤져있는 정신적인 면에서 효孝 교육은 매우 중요하다는 것을 인식해야 한다.

이제 노인 문제를 서구식 노인 문제 해결 방법으로 풀어서는 안 된다. 복지 제도의 정비도 중요하지만 보다 근원적인 효孝를 부활시킬 때 우리의 핏줄 속에 면면히 흐르고 있는 동방예의지국東方禮義之國 자존심이 살아날 것이다. 그뿐만 아니라 효孝가 우리나라의 정신문화를 상징하는 국가 브랜드가 되고 이로 말미암아 국민들의 효孝 생활이 정착이 되면 사회에 만연되어 있는 각종 문제점이 정화되고 나아가 국가가 균형 발전하여 진정한 의미에서 선진국이 될 수 있을 것으로 확신한다.

결론적으로 효孝란 부모님의 사랑과 은혜에 대해 감사하고 고마워하는 마음을 갖는 것이다. 부모님에게 순종하는 태도와 부모님으로부터 받은 몸으로 건강한 생활을 해가면 된다. 그뿐만 아니라 형제자매 사이에 원만한 인간관계를 이루어 갈 때 부모님의 기쁨은 배가 되어 행복감에 젖을 것이다. 따라서 가정과 학교와 사회의 윤리 교육 기능을 회복하기 위해서는 어린이들이나 청소년들을 사랑과 관심으로 안아 줄 때 적극적인 효심이 발현될 것은 자명하다.

<참고문헌>

· 강주곤. 시가詩歌와 효孝 사상, 충효사, 1994, PP. 138~139

· 김충렬. 유가윤리강의 문서원, 1995, pp.44~47.

· 김태길. 공자사상과 현대사회, 현실사, 1998, pp.148~160.

· 논어 학이편論語 學而篇. '君子務本 本立而道生' 1999, 일부

· 손인수孫仁銖. 韓國人의 價値觀, 文音社, 1987, pp.138~139.

· 이인재 外(譯). 耘谷詩史, 原州文化院, 2001. pp.131~132.

· 차용준. 전통문화의 이해, 전주대학교출판부, 2011, pp.51~55.

· 한국사찰사전韓國寺刹事典 상하, 이화문화출판부, 1994, 97~99

<서평>

효의 근원을 찾아가는 작가의 치열한 효 이야기
-정성수의 동화 '쇠바우 용바우 금바우' 작품 세계-

유정재

· 울산광역매일 대표
· 월간 세상인 발행인
· 사)복주리 고문위원

　정성수 작가의 효 동화 '쇠바우 용바우 금바우' 서평 의뢰를 받고 작가에게 누가 되지 않을까 걱정을 했다. 원고를 정독하면서 효에 대한 작가의 뚜렷한 소신이 눈에 보였다. 요즘 같은 세태에 시기적절한 내용으로 정곡을 찌르는 것이었다. 작품의 줄거리와 더불어 이야기에 숨은 뜻이 내재되어 있어서 읽고 나서도 입안에 단맛이 남아 있음은 물론 알기 쉬운 문장 구성은 시각적인 효과도 있었다.

　효 동화 '쇠바우 용바우 금바우'를 읽는 어린이나 어른들에게 책 읽는 방법 몇 가지를 꿀팁을 주고자 한다. 책은 제대로 읽어야 진짜 책을 잘 읽었다고 말할 수 있다. 책 읽는 보람과 즐거움을 더 느끼고 싶다면 먼저 '왜 책을 읽어야 하는지' '자신에게 어떤 책이 좋은지' '뚜렷한 목적을 가지고 있는지'를 염두에 두고 책 읽기를 시작해야 한다.

　작가가 무엇을 말하려고 하는지 일목요연하게 정리할 줄 알아야 하고 나아가 어려운 단어가 있으면 적극적으로 뜻을 알고 넘어가야 한다. 포기하지 않고 끈기를 가지고 읽으면 동화가 주는 재미 외에 많은 즐거움을 얻을 수 있다.

책을 읽어야 하는 목적을 알았다면 아이의 수준에 맞는 책을 골라 주어야 한다. 초등학교 고학년이면 자아의식이 예민해져 자신의 정체성에 대해 고민을 시작할 나이다. 나름대로 롤모델이 생겨 그에 올인하는 모습을 보이기도 한다. 아이의 생각이나 고민을 반영한 책이 초등학교 고학년 수준에 알맞은 내용이라고 할 수 있다. 이때 책 분량과 어휘도 적당한 수준이면 더 좋다. 무엇보다 중요한 사실은 한 권의 책이라도 꼼꼼히 읽어야 한다는 것이다. 작가가 무슨 말을 하려는지 파악해 보려는 탐구정신이 필요하다. 물론 책은 종류에 따라 가볍게 읽을 수도 있고 필요한 부분만 읽을 수 있다. 그러나 책을 읽는 방법이나 습관이 제대로 이루어져야 기본적 이해력이 길러져 깊이 있는 책 읽기가 가능하다.

아이들은 책을 읽으면서 내용과 연관된 꿈을 꾼다. 꿈을 이룰 상상을 하다 보면, 꿈을 이루고 말겠다는 의지와 열정과 에너지가 솟는다. 좋은 책은 아이들이 성장하는 데 도움이 되는 책이다. 건강하게 크려면 영양분을 골고루 섭취해야 하듯이 독서도 그렇다.

초등학생들의 몸과 마음이 건강하게 자라는 데 도움이 되는 책 이바로 동화 '쇠바우 용바우 금바우'다.

제1부는 효심이 대단한 '쇠바우 용바우 금바우'가 아버지의 병구완을 하기 위해서 고분 분투하는 모습을 그렸다. 내용을 살펴보면 '쇠바우, 용바우, 금바우 삼형제가 발자국소리를 죽이며 굴참나무에 다가갑니다. 곰이 숨을 쉬고 있는지 나무 틈에는 성에가 끼고 나뭇가지의 눈이 녹아있습니다. 바우 삼형제는 침을 삼킵니다. 쇠바우가 허리춤에

차고 온 도끼로 나무 밑동에 구멍을 냅니다. 곰이 깊은 잠에 빠졌는지 꼼짝하지 않습니다. 구멍 속으로 찬바람이 들어가자 곰이 발하나를 구멍 밖으로 내밀었습니다. 구멍을 막을 요량이었습니다. 시커먼 곰발바닥은 쇠바우의 얼굴보다도 컸습니다. 순간 금바우가 밧줄로 곰의 발을 묶었습니다. 쇠바우가 구멍 밖으로 나온 곰의 발목을 도끼로 힘껏 내리쳤습니다. 옆에 서 있던 용바우가 재빠르게 발목을 주워 담고 냄비 뚜껑을 덮었습니다. 눈 깜짝할 사이에 일어난 일입니다. 바우 삼형제는 다리야 날 살려라 냅다 뛰었습니다. 뒤에서 곰이 울부짖는 소리가 들립니다. 아름드리 굴참나무가 통째로 흔들립니다. 나뭇가지에 내린 눈이 한꺼번에 땅으로 떨어지고 산새들이 놀라 하늘 높이 치솟습니다.' 이 장면을 보면 용감무쌍함을 넘어 가슴이 저려오기도 한다. 요즘 아이들이 생각지도 못한 효행은 아이들이나 어른들 할 것 없이 본받고 실천해야 할 덕목이다.

시대가 변해도 너무 변했다. 효도를 해야 한다는 말 자체가 퇴색된 것이 사실이다. 언젠가부터 유행처럼 번진 가족계획이 돌이킬 수 없는 현실을 만들었다. 자식도 품 안에 있을 때 자식이다. 가난에서 탈출했으나 경제 성장의 부작용으로 효 교육을 하지 못한 우리 세대가 책임을 통감해야 한다는 저자의 말이 미안하게 들리는 것은 왜일까?

제2부 '혼자 도는 바람개비'는 반려견과 어린이와의 교감이 잘 나타나 있다. 요즘은 개를 개라고 하지 않고 '반려견'이라고 한다. 한때는 '애완견'이라고 했다. '애완견'은 가지고 노는 개 정도로 인식되어 장난감 같은 생각이 들어 부정적이라고 한다. 동물 사랑을 잘 표현한 작품이다.

'집 앞에 왔을 때입니다. 웬 강아지 한 마리가 대문 앞에서 끙끙거리

197

고 있었습니다. 강아지는 온몸이 흙투성이었습니다. 눈곱도 낀 꾀죄죄한 모습이었습니다. 노마는 강아지에게 손짓을 하며 가라고 했습니다. 그러나 강아지는 자꾸만 대문 안으로 들어오려고 했습니다.' 라는 장면이나

'집에 돌아오자마자 대문 앞에서 달려를 부릅니다. 달려야? 어디 있니? 달려가 기다렸다는 듯이 뛰어나와 노마에게 꼬리를 치며 안깁니다. 노마는 달려의 머리를 쓰다듬어 주며 달려야, 네 덕분에 오늘 상탔다. 그것도 대상으로 말이야! 달려가 마치 알아듣기라도 한다는 듯이 노마의 손등 여기저기를 핥습니다. 노마는 머리 위로 달려를 번쩍 들어 올렸다 내려놓습니다. 달려가 노마의 주위를 빙빙 돌며 좋아합니다.' 장면 외에도 '달려를 품안은 뚱보 아줌마는 대문 밖으로 사라졌습니다. 노마는 하마터면 엉엉 울 뻔 했습니다. 애써 참았습니다. 아무리 슬픈 일이 있어도 울지 말라던 엄마의 말이 떠올랐기 때문입니다.' 장면이 열리고 닫힐 때마다 주인공 어린이와 반려견과의 끈끈한 정이 곳곳에서 묻어난다.

제3부 '효 교육 지도 참고서'는 작가가 어른들을 위해 특별히 마련했다고 한다. 효 동화 '쇠바우 용바우 금바우' 자체도 권장하지만 어른들은 필수적으로 효에 대해서 알아야 할 뿐만 아니라 아이들 지도 시에 이론적인 무장이 필요하기 때문이라고 작가는 강조한다.

그뿐만 아니라 작가는 단단한 주제 의식과 치밀한 심리 묘사와 간결하면서도 풍부한 상징성을 내포한 문장을 구사하여 개성 있는 작품을 꾸준히 발표하고 있다. 이로써 아이들과 어른들에게 사랑과 인정을 받는 작가로 자리매김했다. 또한 다음 세대의 주인이 될 아이들에게 동화로써 바른 가치관을 심어주는 일은 작가의 책임이자 자부심이라고

한다.

　정성수 작가의 효 동화 '쇠바우 용바우 금바우'는 서정성을 투명하게 투입하여 역동적으로 분출하는 천부적인 자질이 곳곳에 배어 있다. 깊은 영혼의 상처를 치유하는 해법을 탐색하는 안목이 돋보인다. 문단의 작가 중에서 어느 작가보다 막중한 시대적 소임을 엄격히 수행할 것을 믿는다.

정성수 저서

□ 동화 (2)

· 장편 금연 동화 폐암 걸린 호랑이 / 효 동화 쇠바우 용바우 금바우

□ 시집 (23)

· 울어보지 않은 사람은 사랑을 모른다 / 산다는 것은 장난이 아니다 / 가끔은 나도 함께 흔들리면서 / 정성수의 횐소리 / 나무는 하루아침에 자라지 않는다 / 누구라도 밥값을 해야 한다 / 향기 없는 꽃이 어디 있으랴 / 늙은 새들의 거처 / 창 / 사랑 愛 / 그 사람 / 아담의 이빨자국 / 보름 전에 있었던 일은 그대에게 묻지 않겠다 / 보름 후에 있을 일은 그대에게 말하지 않겠다 / 19살 그 꽃다운 나이에 알았더라면 좋았을 詩들 / 산사에서 들려오는 풍경소리 / 아무에게나 외롭다는 말을 함부로 하지 말라 / 마음에 피는 꽃 / 덕진 연못 위에 뜬 해 / 덕진 연못 속에 뜬 달 / 공든 탑 / 헛바닥 우표 / 사랑 앞에 무릎 꿇은 당신

□ 시곡집 (6)

· 인연 / 시 같은 인생, 음악 같은 세상 / 연가 / 우리들의 가곡 / 건반 위의 열 손가락 / 시향 따라 음향 따라 그래서 가곡

□ 동시집 (9)

· 햇밤과 도토리 / 학교종 / 아이들이 만든 꽃다발 / 새가 되고 싶은 병아리들 / 할아버지의 발톱 / 표정 / 넓고 깊고 짠 그래서 바다 / 첫 꽃 / 꽃을 사랑하는 법

□ 동시곡집 (8)

· 아이들아, 너희가 희망이다 / 동요가 꿈꾸는 세상 / 어린이 도레미파솔라시도 / 오선지 위의 트리오 / 참새들이 짹짹짹 / 노래하는 병아리들 / 표정1 아이들의 얼굴 / 표정2 어른들의 얼굴

□ 실용서 (2)

· 가보자 정성수의 글짓기교실로 / 현장교육연구논문 간단히 끝내주기

□ 산문집 (5)

· 말걸기 / 또 다시 말걸기 / 산은 높고 바다는 넓다 / 365일 간의 사색 / 눌변 속의 뼈

□ 논술서 (5)

· 초등논술 나~ 딱걸렸어 / 글짓기 논술의 바탕 / 초등논술 앞서가기 6년 / 생각나래 독서, 토론, 논술 4·5·6년 / 한권으로 끝내는 실전 논리논술

□ 공저 (14)

· 꽃잎은 져도 향기는 남는다(시집) / 여섯 校友의 文香(시·산문집) 외

<효시>

가시고기야 가시고기야

-정성수鄭城守-

이 세상에 와서 애비가 되는 것은 한 순간이지만
좋은 아버지가 되는 일은 어렵더라
모천母川에서 회귀한 가시고기가
새끼를 부화하여
자신의 몸을 새끼들의 먹이로 내 주는 것을 보고
인간이 물고기보다 낫다고 말하는 사람은 아무도 없다
세상의 애비들 중에는
아버지가 해야 할 일을 아는 애비는 그리 많지 않다
가시고기야 가시고기야
나는 너에게 배울 것이 많은 애비란다
아버지가 아니란다
자식을 위해 몸을 내준다는 것
죽을 때도 새끼들이 있는 쪽으로 머리를 두르고 죽는다는 것
생각할수록
미물보다 못한 내가 어두워지는구나

쇠바우 용바우 금바우

· 지은이 / 정성수
· 발행처 / 도서출판 고글
· 발행인 / 연규석
· 초판 인쇄 / 2020년 10월 01일
· 초판 발행 / 2020년 10월 14일
· 등록일 / 1990년 11월 7일(제302 - 000049호)
· 주소 / 서울시 용산구 한강로 2가 144-2
　　　　　전화) 010-8641-3828
　· E-mail / jung4710@hanmail.net

값 15,000원

· 잘못 된 책은 바꾸어 드립니다

· ISBN 979-11-85213-84-2

....

· 이 책은 전라북도 문화예술창작지원금을 받아 제작했습니다.